BLOOM OF YOUTH

那朵青春要开花

慕夏 著

湖南少年儿童出版社
HUNAN JUVENILE & CHILDREN'S PUBLISHING HOUSE

图书在版编目（CIP）数据

那朵青春要开花 / 慕夏著. —— 长沙：湖南少年儿
童出版社，2017.10
　　ISBN 978-7-5562-3370-0

　　Ⅰ．①那… Ⅱ．①慕… Ⅲ．①长篇小说－中国－当代
Ⅳ．①I247.5

中国版本图书馆CIP数据核字(2017)第158209号

NA DUO QINGCHUN YAO KAIHUA
那朵青春要开花

责任编辑：周　霞　万　伦
总 策 划：熊　静
特约编辑：袁　卫　蔡　晔
文字编辑：罗　双　石中玉
装帧设计：杨思慧
插画制作：李倩莹
文字校对：曾乐文

出 版 人：胡　坚
出版发行：湖南少年儿童出版社
地　　址：湖南省长沙市晚报大道 89 号　　邮　编：410016
电　　话：0731-82196340（销售部）　　82196313（总编室）
传　　真：0731-82199308（销售部）　　82196330（综合管理部）

经　　销：新华书店
常年法律顾问：北京市长安律师事务所长沙分所　张晓军律师
印　　刷：湖南省众鑫印务有限公司
开　　本：660 mm×960 mm　　1/16
印　　张：16　　　　　　　　　　字　　数：240 千字
版　　次：2017 年 10 月第 1 版　　印　　次：2017 年 10 月第 1 次印刷
定　　价：26.80 元

BLOOM OF YOUTH

目 录

目 录

第一章

二

一一

一一

那朵青春要开花

　　悬挂在头顶散发着黄色微光的灯泡闪了闪，发出咝咝的声音，楼梯间的落地窗外一片漆黑。那边是一片未开发的山丘，配着老旧的宿舍楼，让人心生不安。

　　"喂，丸子。"

　　"啊？"女生猛然看到玻璃上浮现的人脸，快速回头看向自己身后，几秒后才反应过来那是自己的同伴。

　　"婷婷，你别这么突然叫我，怪吓人的……"

　　"这就被吓到啦？"婷婷拍拍她，两个人一起往楼上走，"你知道我们要去什么地方查寝吗？"

　　"老四栋啊，怎么了？"

　　叫作婷婷的女生叹了口气，目光幽深地看着她："学校有点传奇故事不足为奇……我们今天要去查顶楼的寝室。"

　　"顶楼？顶楼还住人？"

　　"顶楼那间杂物室不知道什么时候被人占据了，开始时只有一个人住在那里，那人大概有点狂躁症。学校说这属于特殊情况，随便查查就好。可是有一天……"婷婷停顿下来，脑袋转向丸子，眼珠子却一动不动。

　　"怎……怎么了？"

　　"多了一个人。"

第一章

"啊？"丸子脑门发凉。

"我们有一天去查寝的时候，顶楼的杂物室多了一个人，没有人知道她是谁。更可怕的是，我们去问第一个住在那里的人时，她完全不知道多了一个人。我们很诧异，于是第二天又去查寝，结果那间房里又多出了一个人——一个时时刻刻抱着仿真娃娃并对着娃娃说话的人！"

丸子呆呆地张着嘴，然后说："那她们看不见彼此吗？她们是哪个班的，难道没有人认识她们吗？"

"有，但她们的同学对她们讳莫如深，仿佛一提到就会……"婷婷低沉地说，"而且她们之间完全没有任何交流，所以……"婷婷定定地看着丸子，"等会儿不管出现什么情况，你都不要惊慌！"

丸子看着斑驳的墙根、泛着青色潮湿印记的灰黄色墙壁和通往顶楼满是铁锈的铁门，捂着嘴点头。她紧贴着婷婷，仿佛多一点热气便能驱散心底那股让人发毛的凉意。

两人紧靠着从楼梯间出来。

学校在郊区，因此晚上露天的顶楼没有什么光源。明明才十月底，却能听到飒飒的风声。那风声毫无规律却又疾又劲，似乎在发泄它的怒气。而那间传闻众多的寝室在十几米外的地方，里面亮着灯。明黄的灯光明明是温暖的，却看得两人心里发毛。

两人似乎走了很久才走完那十几米，她们推搡着谁也不肯敲门，最后婷婷壮着胆子敲了下门，力道不大却把门给推开了。

两人对望了一眼，互相鼓励着往里走。

和大多数寝室一样，进门的一边是放水桶和热水壶的地方，而另一边是厕

所和洗漱间。里面左右两边各有两个床位，是连着书桌的那种，上面是床位，下面是书桌。

右边靠里的床位下有一个披头散发的女生正坐在书桌前，聚精会神地对着电脑。

"同学，查寝。"

然而女生却把她们当作空气。

"同学，你们寝室其他人呢？"

尴尬的气氛冲淡了她们的不安，被人故意忽视让人愤怒，丸子拍了一下女生，说："同学，我们是来查寝的，你配合一点！"

女生腾地回头，丸子猛然看到她的脸，一下被惊艳了。如墨的瞳仁、卷翘的睫毛、秀气的鼻子、红润的嘴唇，这是个大美人。不过，此刻她鼻翼翕动，嘴唇紧抿，一张好看的脸没给任何好脸色。

女生迟疑了一下，指了指自己的身后，没等两人反应过来便继续看电脑了。

丸子抬头看向女生头顶的床位，精致华丽的藏蓝色被单掩在白色蕾丝床帐内，被褥拱起，似乎床上的人蜷缩着在睡觉，枕头上露出一点黑发，那人似乎是背对着她们的。

两个。擅自搬上来住的人还少一个。

婷婷清了清嗓子说："同学，你们寝室还有一个人呢？赶快打电话把她叫回来。马上就要关寝室门了，还不回来的话，我们要记她名字了！有人夜不归寝的话，学期末是评不上优秀寝室的！"

变故就是在这个时候发生的。

"为什么要和我的豆苗说话？你们想和豆苗做朋友吗？"

第一章

两人猛一回头，看到洗漱间的门口站着一个头发滴水的女生。

第三个人！

女生的长发遮住了她的脸，让人看不清她的真实样貌。她歪着头质问她们两人："我没有允许你们和豆苗说话，为什么要和我的豆苗说话？"女生像个不灵敏的机器人，发出同一个语调的声音，似乎不明白什么是抑扬顿挫。

"豆苗……"女生向两人靠拢，"豆苗的好朋友只有我。"

"你……你……"丸子惊得说不出话来。

婷婷被吓了一跳，但立即反应过来，打着哈哈叫丸子不要惊慌，说之前告诉她的传闻都是闹着玩的，是吓唬她的。

得到安抚的丸子并没有缓过来，反而指着门口哆哆嗦嗦地说："第……第四个人……"

"哪儿来的第四个！被赶出普通寝室的大一怪胎总共就三个！"婷婷撇嘴，觉得丸子胆小，但视线往门口一扫便愣住了。

第四个人出现在门口，她身上似乎带着寒气，略带水汽的碎发向下低垂，脸上带着莫名的绯红。她扯了扯嘴角发泄不满，查寝的两人立刻惊恐地打了个哆嗦。

床上一个，电脑面前一个，洗头发的一个，明明只有三个人的顶楼寝室多出了站在门口的一个。

人一慌就容易联想到很多东西，比如那些经典的恐怖片场景……现在，明明只有三个人的寝室，多出来的第四个人是……

"啊啊啊……"

尖叫声同时响起。

说不要慌张的婷婷第一个开始尖叫，随即丸子也发出惊慌的尖叫，两人拔

那朵青春要开花

腿就跑，仓皇地往楼下狂奔，直到被人拦住询问情况时都还惊魂未定。

　　然而顶楼寝室里尖叫的女生并不是因为惊恐，而是因为兴奋。她从电脑前站起，上蹿下跳，咧开嘴又叫又笑，双手使劲拍着桌面。她动作粗鲁，却因为脸长得好看而无损形象。

　　"我抢到票啦！"她抱住刚洗完头发的女生，"甄钟尔，姐姐有票啦！"

　　"什么票？"甄钟尔终于把头发捋到了脑后，她歪着脑袋，说话方式像不灵敏的机器人。

　　"录制节目的门票！我的偶像要上带星卫视了！呜呜……"女生发出呜咽声，大眼睛含着泪显得更加动人，"好感动啊，偶像才出道一年半就要上带星卫视了。呜呜呜，偶像超级棒啊，我要哭了……"

　　"郭漂亮。"门口的人冷静地打断道，"你刚刚把查寝的人吓着了。"

　　郭漂亮的情绪飞快地转换，她冷声说道："关我什么事，我一句话都没说。明明把人吓着的是你！对不，钟尔？"

　　甄钟尔对她的话充耳不闻，挣脱她爬上床查看那个被查寝同学当成人的人偶——豆苗。

　　郭漂亮也不生气，又坐回电脑前把自己的门票截图，拿去微博、朋友圈、微信群炫耀，忙得不亦乐乎。

　　"郭漂亮！"门口的人十分不悦，这三个字透露出了她极度不满的情绪。这人不说话的时候看起来凶狠、冷漠，像件人形兵器，可她的脾气似乎不像她的表情那样凶狠，她怒火中烧却忍了又忍。

　　郭漂亮放下手中的事情，不满地翻白眼，好像知道她的特性，所以完全不怕她："你急什么，莫明霞，又没拿她们怎么样！心里有鬼才怕鬼，我们什么

也没做，她们就吓得屁滚尿流，谁知道她们听楼下的人说了我们什么！"

郭漂亮说的"楼下"，指的是同年级的其他女生。大家都是大一新生，可自从郭漂亮搬到了顶楼，便多了一些有关她的离谱的传闻。

"说起来，我们才是受害者好不好？你没听见她们说我们什么吗——怪胎！"郭漂亮扫视屋子里的人——每晚都会拿晒衣杆当长枪练武的莫明霞，有数个有名有姓人形玩偶及一柜子奇装异服的甄钟尔。其实楼下的人把她们叫作怪胎也没错，毕竟谁也不喜欢特立独行的人。

"还真谢谢她们嘴下留情，让我们还属于生物范畴。好端端的三个大活人被谣言传得跟女鬼似的，每个查寝的人都觉得自己是在经历鬼屋探险，也不考虑考虑被她们当作鬼的人好不好受！"郭漂亮耸肩，嗤笑。

顶楼寝室只是收留了三个因与原寝室室友不和而搬出的人，也不知道哪里来的风越吹越劲，起先还只说她们不合群，后来就什么传言都出来了。拜托，她们只是住在这儿，什么也没干！

"郭漂亮！"莫明霞第三次叫出她的名字，声音似乎带着某种威压，"如果她们跟系里说，系里只会觉得是我们在恶作剧。一旦大家把错误归咎到我们身上，那我们就等着被赶出去吧。"

莫明霞说完便把她用来练武的长枪——晒衣杆放好，三步并作两步走过来，然后爬上了床。她躺在床上双手交叠放在腹部，闭上眼睛。

"赶出去？"甄钟尔抬头，带着股傻头傻脑的劲，"我们不能住顶楼了吗？那我们住哪儿去？原来的寝室？"

郭漂亮看着她，满脸写着"不然呢"。

甄钟尔绝望地深吸一口气，抱着她的小豆苗上床，在床帐里叽里咕噜地向她的小豆苗抱怨。

郭漂亮对她的行为见怪不怪，甚至还带着些怜悯望着她。

都是被赶出来的，好不容易有了顶楼这么个与世隔绝的空间，谁又想住回原来的寝室呢。

不出所料，事态升级了。在顶楼"豪华寝室"的人闭着嘴捂着耳朵装聋作哑的时候，两位宿管部女生把自己的经历报告给了宿管部部长，不巧的是，当时系领导也在。

最先做出反应的是一位相当文艺的宿管部成员，她把这件事编成了一个精彩绝伦的探险故事，有那么一点黑色幽默，有那么一点现实。最终故事里的大反派——"豪华寝室"的三位成员，对着两位极具探险精神的宿管部成员流下了忏悔的泪水。

而一个颇具影响力的微信公众号——"小报A大"，让大多数A大学生知道了这个"真实事件改编"的故事。

经过A大校内网的转载和投票，超过半数的人认为这是顶楼人的恶作剧，她们必须为此道歉，并要求"小报A大"公布三个人的姓名、学号和班级。哪怕"小报A大"立马澄清有做戏剧性的改动，但校内网和公众号留言下全是猜测三人到底是谁的评论。

而在此时此刻顶楼的"豪华寝室"里，靠近走道的地方，甄钟尔坐在板凳上洗她那些人偶的小衣服。她边洗边哼着不知名的歌谣。秋天的阳光随着树影摇曳，时间变得漫长而悠闲。而另外两位则罕见地凑在一起——确切地说是郭漂亮缠着莫明霞。

"莫大侠，这个叫什么？"

莫明霞喜爱武术，郭漂亮常"大侠、大侠"地叫她。

"十字弩。"

"大侠，大侠，这个呢？"

"长枪。"

"为什么不是矛？"

"因为……"

郭漂亮今天就像个自动提问机，莫明霞五分钟前还没觉察出不对劲，现在明白了她十有八九是做了对不起自己的事，否则她怎么会一拿手机就紧张？

想明白关键，莫明霞停止了友好交谈，双臂环胸问道："郭漂亮，你有什么事瞒着我？"

"我能瞒你什么……增进一下室友感情不行吗？"

"我以为在你眼里我们不过是这间寝室的'其他住客'，根本没有聊天交流的必要。"莫明霞懒得拷问她了，直接拿起手机，然而立马就被郭漂亮夺了过去。

果然是手机的问题！

"出什么事了？是不是那天的事？"

已经被拆穿了，再装傻也就没什么意思了，郭漂亮沉默着，不给她任何反应，也不给任何答复。

校内网上的事在郭漂亮看来相当简单。就像两个明星的粉丝在微博上吵架，某个人说了很难听的话，引起了一群人的反感，于是大家群起而攻之，但只要身份信息没有曝光，这一群人便只是凑凑热闹。

校内网和公众号上的现状已经是一个网络暴力的雏形了，但只要身份信息没有泄露，这件事情不出三天便会被其他新闻冲淡。没有谁会持续关注一个无

那朵青春要开花

关痛痒的恶作剧，哪怕它并不是恶作剧。

说不好郭漂亮在网络上扮演着什么角色，但深谙个中之道的她对此了如指掌，她清楚事情接下来的走向，所以她没有后悔，也没有害怕。

可莫明霞是害怕的。尤其是她看到了A大公众号下一面倒的留言，甚至还有人发起了投票。这一切像一个巨大的言论旋涡，把人往中心拖，直到将其淹没。

"去道歉！"看完所有信息，莫明霞不容置疑地说道，"去道歉，跟那两个女生道歉！我也去，我们都去！"

"然后呢？"郭漂亮看过去，莫明霞茶色的眼眸跟琉璃珠子似的，里面盛满了焦急。

虽说着急，但莫明霞并没显得多焦躁，或许是她面相较冷，看起来就会显露出一副成竹在胸、沉着冷静的模样。这模样也糊弄住了郭漂亮，以为她真有什么好办法。

"然后请他们撤销文章，再把说明真实情况的澄清文章发在……"

"人家为什么要帮你做这个？"

"因为那不是真实情况……"

"谁相信你说的就是真实的？"郭漂亮微微抬起下巴，冷静得不可思议。相比慌乱的莫明霞，仿佛她才是那个习武多年、处变不惊的狠角色。

她轻描淡写地说："网络上或者现实里，人们需要的不是真相，他们只需要一个匪夷所思却立场分明的八卦新闻。他们可以轻易站在某一边对另一边进行批驳，并且——"她紧紧地盯着莫明霞和若有所思地看着她们的甄钟尔，"不用负任何责任。"

莫明霞骇得往后一退。

她不玩手机，不爱网络游戏。如果不是出来上大学，她现在还拿着一部充话费送的手机；如果不是学校要求，她不会关注那些"乱七八糟"的网站和公众号。她从来不知道这些微不足道的东西，竟然会有这样大的杀伤力。

"你怕了？"郭漂亮冷声问。

抓着人偶衣服的甄钟尔忽然站了起来，幽幽地说："是你还不知道怕吧？"

她一句话让莫明霞找到了短暂失去的声音，莫明霞梳理自己的思绪，努力让郭漂亮明白事情的严重性："你还不明白这有多严重吗？"

这有什么严重的呢？郭漂亮想不出来。

微博上八卦那么多，为小事发生的大规模争吵那么多，每个人都躲藏在自己的ID之下，没有电话号码、没有地址，说了什么、做了什么，有谁会知道呢？这有什么可怕的？

"但这是校内网。"甄钟尔说。

"校内网是实名制的，发表公众号文章的人是知道我们住在哪儿的。"莫明霞补充。

这就意味着，现在在网络上热议的人都在这个不大的学校里，打饭的时候排在你后面，打水的时候与你擦肩而过，他上课的教室刚好是你下一堂课的教室……他们，网络上声张正义的他们就在你周围。

话虽然不多，但每一次开口就把人拉下另一重地狱的甄钟尔再度开口："还有……楼下的人。"

事情超出了郭漂亮的认知，这已经不是一场简单的网络骂战，它已经和现实紧紧相连。

那朵青春要开花

"事情闹大了的话，我们就从全班怪胎升级为全校怪胎了，多酷！"郭漂亮有些紧张，她耸了耸肩，尽量轻描淡写，"但是那又怎样，我又不打算和他们做朋友。"

"我用不着讨好他们，也用不着因为你们的焦急而焦急。"郭漂亮打定了主意。放弃沟通之后，她似乎轻松了不少。

"反正我当初和人吵架，是辅导员请我住在这里的。我和你们不一样，我可不是擅自居住。楼下的人也好，校内网上的人也好，谁也管不着我。"

"你……"莫明霞无话可说，她和甄钟尔的确是擅自居住在这里。她们和原来的室友实在相处不下去了，就擅自搬了上来。她以为大家好歹一起住了一个月，就算交情不太深也不至于见死不救，却没想到……

郭漂亮也没有那么自信，她只是说出来唬人的，毕竟当时辅导员的说法是其他寝室空出来就让她住下去。她只是不想做任何改变自己意志的事去迎合那帮不知所谓的"楼下人"。

和她一样的是，这个寝室里的人都没有任何再度与"楼下人"打交道的自信。

三人沉浸在各自的思绪中。

校内网的投票和公众号的文章像一盏摇摇欲坠的吊灯，是个庞然大物，却有随时摔落的危险。不知道什么时候便会有人闯进这个杂乱的顶楼寝室，然后宣告对她们擅自居住的处理意见，把她们赶向那些隐藏真实情绪伪装和善的"楼下人"。

也许你有过这样的感受，你和你的朋友吵架，你擦掉泪痕回到所有人已经坐好的教室，当人们向你投来目光，这目光也许没有任何意义，你却感觉无所遁形，好像全世界都洞悉了你的秘密。

第一章

你看起来像个异类。

这就是她们不断提醒自己的事。

大学校园是个很神奇的地方，多数人四年后最熟悉的是自己的室友，此外的大半同学只是偶尔会有交流，余下的那些你叫不出他们的名字，拍毕业照的时候甚至会问自己："他是我们班的？"

但无论如何都不影响一点——单身者跟团走。那些没有建立恋爱关系的人，基本以寝室为行动单位。这也是为什么即便顶楼寝室的三个人并不是如胶似漆的关系，却会在每一节以班为单位的课上都坐在一起。

这一天下课之后，班干部立马扣住了同学们，不让他们离开，说是召开一个短暂的班会。

立马有人不乐意了，谁都知道去晚了食堂人就多了。

"五分钟！"戴眼镜的女生制止道，"如果你们一定要耽误时间，那我就不能保证要多久了！"

"她以为她是谁啊……"

"就是，又不是班主任！"

熟悉的声音让郭漂亮下意识地抬起头，是当初和她吵架的室友罗米。

罗米一开始想当班长，但最终败给了现任班长，但她不是愿意吃亏的人，于是竭尽所能找碴。

罗米感受到别人的视线，转头发现是郭漂亮后，狠狠地瞪了她一眼。

郭漂亮绷着神经假装放松，告诉自己，自己才是占理的那一个。

随即，罗米和她周围的女生说了什么，把头发漂染成紫色的那位探出头看了一眼郭漂亮，然后发出意味不明的笑声。

那朵青春要开花

"私底下勾搭……我男朋友都告诉我了……"

班长还在维持纪律，提醒大家保持安静。

纷纷扰扰的声音中，郭漂亮似乎听到了罗米与紫发女生的窃窃私语。她们诋毁她，歪曲事实，放大问题，像是把一盆混合了各种物质的液体，俗称脏水，哗地泼到她头上。

各种声音如潮水般涌入郭漂亮的耳朵，像恐怖片即将发生大事前的音效，巨大的嘈杂声、嗡鸣声汇成一个单一而刺耳的长音："嘀——"

郭漂亮有时候想，事实到底是自己以为的这样，还是众人嘴里谈论的那样？她，郭漂亮，勾搭室友的男朋友？

"漂亮！"

一声呼唤及时把郭漂亮从走入歧途的思维方式中拖了出来。

谁在叫她？

"漂亮！"

郭漂亮听出是莫明霞的声音，一瞬间有些感动，至少她感觉这一刻不那么孤单。

郭漂亮转头看莫明霞，嘴角挂上温暖的笑意，像是能融化冬雪。

"大侠……"她饱含深情地喊道。

"怎么了？"莫明霞头也不抬，专注地看着自己手机里正在直播的赛事，看到一个精彩的出招，忍不住赞道，"漂亮！"

郭漂亮："你……"

莫明霞："你看着我干什么？怎么了？"

"没什么！"

"好端端的干吗对我发脾气，莫名其妙……"

第一章

"好了，安静！"班长把东西一砸，火了，"五分钟说完就走的事，你们耽误多久了？让不让我说？事情没交代清楚，大家今天就一起在这儿坐着！"

团支书开始唱红脸："大家都是成年人……"

"我不是，我还是个宝宝！"

"哈哈……"

立官威的班长哭笑不得："那宝宝们现在能冷静点听我说吗？"但她也不是个没脾气的人，为防止有人插话，她加快了语速，"一个月后学校将迎来一次大检查，事关重大，宝宝们听不懂，我也就不说了。重要的几点：第一，不要旷寝，检查是突袭，被抓到谁也救不了你们！所以近期都安安分分、老老实实回寝室睡觉！第二，所有的大功率电器，热得快、电饭煲、电磁炉之类——别问我煮蛋器要不要收起来——不想被没收就通通收好！第三，可能有点难做到，但必须要做到——整顿寝室卫生，所有私人物品全都收好，水桶、水壶摆放在应该摆放的位置，地板上、阳台上，除了凳子什么都不可以有，墙上什么都不可以挂……"

"凭什么啊？"

"落地衣架呢？鞋架呢？"

"我衣服很多，行李箱可以摆吧？"

班长做了一个暂停的手势，这一次所有人都安静了。

"我会把详细要求整理好，然后发送到你们的邮箱，到时候注意查收。再补充一句，接下来的一周，寝室和公共区会面临来自班、系、院甚至校领导的不定时抽查，大家做好准备。最后，祝大家用餐愉快！"

班长愉快地说完这句话的时候，一朵完美的烟花在在场所有人的脑海里绽放，形成两个字：完了。

那朵青春要开花

不为一个问题烦恼的最好办法是什么？为下一个问题烦恼。

"已经下课了，你们没必要再跟着我吧？"莫明霞默默数着自己的跟屁虫，三个——包括豆苗的弟弟豆豆。

"你吃什么？"

"'荣记'。"甄钟尔答。

郭漂亮一脸骄傲地说："我也吃'荣记'！"

就知道会这样。莫明霞看向甄钟尔，甄钟尔默默地把手里巴掌大的小人儿凑到自己耳边，片刻后恍然大悟地点点头，说道："豆豆说想吃'荣记'！"

莫明霞冷酷地掉头前往"荣记"。她以为是照老规矩各吃各的，哪知当店员问几个人时，郭漂亮回答说三个人。

"为什么？"落座后莫明霞觉得奇怪，事出反常必有妖，她警惕地看着郭漂亮。

郭漂亮喝喝茶、摆摆碟子，直到被莫明霞看得无处遁形、装不下去了才说道："正点吃饭人多啊，肯定不会让咱们一人一张桌子！你瞧，双人桌都坐满啦，说三个人，我们才能立马进来啊！"

勉强通过。

"大不了我们各吃各的，各付各的钱呗！"

说得好好的，吃的时候又变卦了。不是两人眼巴巴地盯着莫明霞点的东西，而是两个人前所未有地想和莫明霞分享自己的东西。

甄钟尔甚至举着豆豆说："大侠，豆豆请你吃这个！"

莫明霞把筷子一放："你们到底想干吗？"

"唉……"郭漂亮长叹，放下筷子，"大侠，我们好歹室友一场，虽然名不正言不顺。"

第一章

甄钟尔懂事地接话："擅自居住在顶楼。"说完还点了点头。

"是不是校内网上又出了什么事？"这始终是莫明霞的心头大患。

郭漂亮掏出手机，点开页面给她看："已经平息了。"

其实也不能说平息，大家都在谈论大检查的事，之前的新闻也就变成了旧闻，无人问津了。

A大学风正，但在学生的私生活管理上一向很宽松，这次居然有为期一个月的不定时检查、抽查，这让放飞自我很久的A大学生怨声载道。最大的难题是学校要求整顿寝室卫生，A大学生一向奉行成大事者不拘小节的准则，他们的寝室卫生可想而知。

与众不同的顶楼"豪华寝室"，在这一点上更是普通寝室不能比的，它蝉联大一女生寝室脏乱差排行榜冠军。

"大侠，我们要互帮互助啊！"两双泪汪汪的眼睛盯着莫明霞。

"是我帮你们吧！"莫明霞一针见血地说。

"大侠，我们没有你不行啊！"郭漂亮说哭就哭，只差扯着莫明霞的袖子擦眼泪了，楚楚可怜的样子让人没法不心软。

莫明霞定定地看了她们俩一会儿，然后拿起筷子夹菜："只是我帮你们？"

"我们也会帮你的！"

这次"'荣记'会晤"被甄钟尔记录在花花绿绿的日记本上，被她称为历史性的转折点：三个你不理我、我不理你的独行侠，从这一天起打破了表面的和平，真正开启了互相接纳的时代。

废话，两个不到一米六五的小矮子，肩不能挑，手不能提，寝室里堆着几大箱莫名其妙的东西，放着一米七六的大高个莫明霞不用，这不是浪费资源吗？

"好了，都清好了，来点一下！"

今天的老四栋注定是喧嚣的，楼上楼下热火朝天地打扫寝室，犄角旮旯里属于前一任主人的旧物被一一发现并丢弃，现任主人的物品被堆放在地板上，急需一个去处。

"……八、九、十……"

甄钟尔在清点纸箱和行李箱的数目。数目众多、大小不一的纸箱摆在地上，行李箱鼓鼓囊囊，它们老老实实排队等着被收到墙壁上方的柜子里。

"为什么会有这么多箱子？"莫明霞不明白，明明清理之前东西并不多。

郭漂亮莞尔一笑，手指在箱子上点着，说："我偶像的作品、官方周边、应援物、人形立牌、画册……"

莫明霞听了，只觉头大。但她觉得自己不需要知道它们分别是什么，她只关心它们为什么要分成这么多个箱子来装。

"因为……偶像的东西，每一件我都是很珍惜的，把它们锁在箱子里就已经很委屈它们了，要是塞得满满当当会压坏的！"

"那这个……"莫明霞想不出它的名字，她指着一块又大又厚的纸板，说，"到时候放最下面。"

"不行！不可以！没门！想都别想！"郭漂亮气势汹汹，"这是我偶像的人形立牌，等身的！绝对不可以放下面，它很脆弱的……"

莫明霞诧异，人形立牌之前一直立在郭漂亮的凳子旁，明明是薄薄的一片泡沫板，现在被郭漂亮包得比砖头还要厚。

此路不通就走另一条，莫明霞纳闷地指着一堆叠放的纸盒，问道："这里面是什么？"

第一章

"是甄钟尔的！"

甄钟尔疑惑地抬头，停顿了两秒，答道："豆豆和豆苗的哥哥姐姐们。"

那些人偶。

莫明霞与郭漂亮对视，她们都觉得一个人偶占用一个纸盒太"奢侈"，如果能把它们放在一个大箱子里会大大减少占地面积。

郭漂亮尝试着把自己的口吻变得温婉，哄道："豆豆和豆苗的哥哥姐姐们都不在一个箱子里，看不见彼此它们会寂寞的，不如……我腾出一个大箱子，你让它们一家团聚？"

甄钟尔思考了一下，然后抱着近几天最爱的豆苗，摇摇头，说道："不行。"

"你难道不像爱豆苗一样爱它们吗？"郭漂亮不放弃。

甄钟尔难得地面带羞涩地笑了笑，说道："我不爱说话。"两人等着她的后文。她咽了一下口水继续说："我又不傻。"

我只是不爱说话而已，我又不傻。

"扑哧……"莫明霞笑出声来。

郭漂亮无语。

"谁让你把人家当小孩！"看到郭漂亮吃瘪，莫明霞幸灾乐祸。

甄钟尔嘟嘴，冲着莫明霞说道："幼稚！"

"哈哈哈，幼稚！"郭漂亮以牙还牙。

"这么高兴啊！"

声音来自门外。

"你们三个流放儿童，在这里很是怡然自得呀！"

三人的视线在门口聚焦，一个不请自来的老头站在门口。他穿着深色夹克

和西装裤，躬着背，脸上的皱纹形成沟壑，金属边框眼镜给他增添了一丝学术气息。他看起来像个教授、学者。

郭漂亮和他打过交道，因此率先开口："江教授，你可不可以不要像个反派一样出场啊？"

"我难道不是吗？"老头耸肩，"我以为辅导员在学生眼里就是反派来着。"

"反派进女生寝室不太好吧？"郭漂亮耍贫嘴，如果不是关系很好，就是明白这个老头是个老好人。

"需要给你打个申请吗？"

越说越离谱，莫明霞看不下去了，她拘谨地请辅导员进来坐，却遭到了拒绝。

"你们这里看上去连下脚的地方都没有。"老头这样回答，"我们那个年代女孩子的寝室如果是你们这个样子，那是要被人笑话的。"

所以，退休教授为什么要接受返聘来当辅导员呢？

寝室里的三个人憋着气听江教授数落她们寝室的一切，如"楼下没有哪一个寝室比你寝室还要乱的""为什么有这么多的东西，怎么不把家搬来呢""你们寝室比我见过的往年任何一届都乱"……

"江教授，据我所知，你这是第一次当辅导员吧？"郭漂亮忍不住打断道，"你就直说吧，楼下那么多寝室你不去，独独来我们这儿，是有什么指示？"

老头脸上闪过一丝心思被识破的尴尬，然后又摆出师长的架子："你们做过什么事，你们自己忘了？"

"你是说那两个被吓到的宿管部女生？"莫明霞试探地问。

"嗯！"

"那不是没什么事吗？我们又不是故意的！"

"我知道。"老头一副洞悉一切的模样，"可是来检查的教育局领导看到了那个故事，对你们顶楼'豪华寝室'非常感兴趣。"

说完，他扫视了一下这个大扫除还没做完的脏乱差寝室，只觉得头一疼，哪里豪华了……

"你们出名了，所以领导肯定会来检查你们寝室！"老头优雅地丢下一枚炸弹，成功轰晕了郭漂亮和莫明霞。

老头拍了拍裤腿，无声地对这个无法用言语形容的地方表示嫌弃。

"下次来检查时，我希望这里能焕然一新。"再丢下一枚炸弹，他就准备离开，却被一个声音及时挽留。

"我们，我们可以住在这里了吗？"甄钟尔问出了至关重要的问题。

老头挑眉，看着这个安静的女孩。从他到来以后，这是这个女孩第一次开口说话。她抱着一个精致的娃娃，刘海遮住额头。她内向，不爱与人交谈，存在感不强，被人排挤时不会反抗，习惯沉浸在自己的世界里……看得出来她很适应顶楼的生活。

老头有一瞬间的心软："当然可以！"

果不其然，女孩眼里绽放出欣喜的光芒。

老头忍不住出言打击："在检查合格之后。"

"没问题！"另外两个女孩信心十足。

顶楼夏天日晒太足因而很热，冬天两面灌风因而很冷，遇上暴雨还会积水甚至漏雨，老头忍不住问："你们都不需要换到新的寝室吗？"

"不需要！"三人异口同声。

看来是真的想与世隔绝啊！老头微笑，离开前抛下一句话："对了，这间寝室以前是做杂物间的，虽然被你们占了，但我希望……"老头指了指悬在墙壁上的四个大柜子，"这里面的东西你们不要乱动。"

"什么？"

"那我们的东西放哪儿？"

满地的纸箱和巨大的行李箱沉默地嘲讽着她们之前的所有努力。

老头怜悯地笑了笑："这我可不管。"

第二章

二

一

那朵青春要开花

　　如果一个问题还不能让你体会到生活的麻烦，那么一堆问题呢？

　　时光倒流的话，三人也许会在老头问"你们都不需要换到新的寝室吗"时回答：需要！

　　"他是说这堆废铜烂铁我们不能动？"郭漂亮靠着墙壁，抬起下巴看着那四个悬在墙壁上的柜子。靠下方的两个柜子里堆满了各种水泵、管道、铁架子。

　　"为什么他们不能把东西放在上面的柜子里？"甄钟尔抱着豆苗，她要踩着凳子才能够到上面一格柜子的柜门。

　　郭漂亮踩着八厘米高的粗跟鞋，以微弱的优势俯视甄钟尔："因为他们矮。"

　　"你也不高。"比郭漂亮高出大半个头的莫明霞泼冷水，"怎么办吧，两个柜子，这堆东西怎么放？"

　　"当然放我的！"郭漂亮抢先说，"我才是合法住客。"

　　甄钟尔盯着她，不甘示弱："可，可是江教授说……"

　　"我们也不是非法居民。"莫明霞替甄钟尔把话补全。

　　"要不，我们把重要的物品先放上去，然后留下各自的行李箱，看看能不能找其他寝室的人借柜子暂时放一下？"郭漂亮说。

　　莫明霞觉得这是个可行的办法。

　　"可以找本地人！本地学生几乎每个星期都要回家，她们根本不会这么早

第二章

把冬天的被子带来，东西不多，肯定用不上上面的柜子！"郭漂亮说得头头是道。

"没错！"甄钟尔听得连连点头。

"问题是，谁会把柜子借给我们呢？"郭漂亮说。她感觉刚刚自己吹了一个巨大的气球，然后又把它"啪"地戳破了。

"也许我们可以试着和'楼下人'交流一下？"莫明霞建议道。

这马上引来了两人异样的目光："你肯定不是认真的！"

"我们可以试一试。"莫明霞觉得这是个好办法，或者说唯一的办法。不知道为什么，她甚至还为此有一点点欣喜。

甄钟尔直白地拒绝："不要！"

"失败一次还不够，还要完美地再次失败？"郭漂亮轻轻地吐出一句，"住到顶楼来，不就是因为和'楼下人'交流失败吗？"

这是个真相，但不是所有人都愿意承认。觉得自己早已看透一切的郭漂亮已经厌烦了和"楼下人"聊那些极其无趣的话题，诸如："你用什么护肤品？""天啊，你口红这么多，送我一支吧！""你追星？哈哈哈，你是脑残粉吗？""为什么我男朋友会和你聊微信？"

有时候她会疑惑究竟是她疯了，还是其他人疯了。

朱迪·皮考特说："当你遇见孤僻的人，无论他们告诉你什么，他们其实都不真的享受孤独。他们都尝试过融入世界，只是世界依然令他们失望。"

但勇敢的人，永远愿意多尝试一次。

"我把计划再复述一遍，等会儿下课我们就跟着人潮去食堂，在去食堂和回寝室的路上尽量找落单的人搭讪。"第四节课下课前五分钟，坐在座位上的郭漂亮叮嘱左右两边的甄钟尔和莫明霞，谨慎得像是在对待一个至关重要的军

事行动。

"食堂是最好下手的地方,因为每个人要吃的东西不一样,所以即便是一个寝室的人也会分开行动。同时,食堂人多喧哗,即便我们找人说话,也不会有人注意。"莫明霞补充道,又问,"有没有问题?"

甄钟尔摇头,郭漂亮耸肩说没有。

在把所有重要物品收到柜子里,各自还余下一两个行李箱无处安放的时候,她们不得不执行这个计划。一开始郭漂亮拉着甄钟尔在天台上找地方,看能不能把箱子藏起来。可是日晒雨淋的,她们根本舍不得箱子里的宝贝。没过多久她们就动摇了,主动找莫明霞研究"下楼"计划。

下课铃响,校歌嘹亮,仿佛在提醒同学们赶紧去食堂就餐。老师离开教室,同学们蜂拥而出。

"行动开始!"郭漂亮一声令下,就拉着两人开始"尾随行动"。

伴随着校歌,女生们三五成群地往食堂走。交情不错的一两个寝室会形成一个小团体,而紧闭房门自己玩的寝室,四个室友之间感情会非常好。这都不方便郭漂亮她们下手,也不是她们的目标。

"九点钟方向!"

那边有一个移动中的胖姑娘。

"哪儿?"甄钟尔反应不过来。

"左边!"郭漂亮拽着她往那边看了一下,又迅速把她扯回来,像个小偷一样,"别那么明目张胆,会被发现的!"

"你们大声点,我听不到!"莫明霞抱怨。

郭漂亮白了她一眼:"头低一点!长太高说悄悄话不方便!"

莫明霞无奈:"为什么选那个人?"

"我在洗衣房偷听到她说她家有三个孩子,她是大姐,很照顾弟妹。我们

钟尔这样的乖小孩，俘虏一个长期爱护弱小的人，肯定能行！"

莫明霞看到胖姑娘与人聊天大笑，看起来乐观开朗，暗自点了点头。忽然，莫明霞被郭漂亮拉着往一个方向看。那里有一个落单的女生，没人跟她聊天，像是独来独往的样子。

"我们是三班，前面还有一班、二班，二班女生人数是单数，因此这个女生和一班三个女生住在一起。她平时上课不能和室友同进同出，但吃饭还是会去找自己的室友，在这个落单的时刻，最方便下手！"郭漂亮解释道，"而且她看起来气质和你很像。大侠，这个就留给你了！"

莫明霞虽然不想承认，但不得不说郭漂亮的确聪明。她低声说了一句："谢谢。"

"这么小声啊！"郭漂亮笑嘻嘻地调侃她。

很奇怪，几天前她们还不是这样的关系。

"甄钟尔，加油哦！"郭漂亮左右撞了撞两人，问，"漂亮姐姐是不是很够意思？"

"臭不要脸！"莫明霞冷漠地回答。

郭漂亮捂着胸口演戏："难过！枉费人家对你们一片苦心。"被莫明霞推了一把，她才正经起来，"走吧，我们出发吧！"

"那你呢？你的目标呢？"

"山人自有妙计。"郭漂亮神秘一笑，她想自己是时候做回所向披靡的郭漂亮了。

莫明霞和甄钟尔有些犹豫，她们担心郭漂亮没有好的目标。郭漂亮却像是成竹在胸，朝她们大气地挥手，风风火火地离开了。

郭漂亮的目标也是一个漂亮姑娘，她穿着及脚踝的长裙，鲜艳的开衫，最重要的是她化了妆。由于郭漂亮追星，因此每年寒暑假都会与很多陌生人打成

那朵青春要开花

一片。最快破开网上、现实界限的方法是聊天，除了聊共同喜爱的明星，护肤品、化妆品也是快速拉近距离的聊天内容，因此……

郭漂亮抱着自己的书本和笔袋，风风火火地往长裙女孩身边走去。当女孩的同伴离开，郭漂亮立即向女孩撞了过去。

这是一次"碰瓷"——郭漂亮在女孩跟前故意掉落物品，然后匆匆离去。

女孩在她身后呼唤："同学，同学，等一下，你的东西掉了。"

女孩帮忙将东西捡起来，郭漂亮恰好转身。如果这时有音乐，大概会像圆舞曲一样轻快。

郭漂亮扬起嘴角，敲了敲脑袋，责怪自己的疏忽。她走向女孩，粗跟鞋"哒哒哒"地在地板上踩出节奏。她走到女孩跟前，接过自己的口红，并向女孩道谢。

女孩笑道："这个牌子可不便宜，好好收着呀！"

郭漂亮甜笑，点头响应女生，又道："你要不要试一试？"

女孩惊喜地张开嘴，随即点头答好。她们从一支口红试色开始，打开话匣子，分享各自的好东西……

这是郭漂亮预想的剧情。她打算在套足交情之后，用一支口红为代价，请女孩答应她一个小小的请求……然后，她的那些宝贝就会在这个女孩的壁柜里安睡一个月。

完美的结局！郭漂亮在心里为自己鼓掌。

然而，她等了三十秒又三十秒，三十秒再三十秒，她已经将事情从搭讪到问题妥善解决幻想了好几遍，她甚至觉得她会因此收获一个新的朋友，说不定她可以带着她的新朋友去看偶像的节目录制，虽然那会付出一点点金钱的代

第二章

价，不过，朋友嘛……

但那个女孩怎么还没有叫住她？难道是人太多没有看清是谁掉的？难道她在原地等自己找回去？郭漂亮不停地安慰自己，她内心开始有一点点不安。

她在心中默数三下，然后转身看向口红掉落的地方。那里和食堂的任何一处一样，人来人往。那里并没有那个她物色好的女孩，也没有一个拿着她的口红的人站在那里。她在视线范围内搜索那个女孩的身影，但那个长裙女孩已经不知所踪。

顿时，她脑子里闪现一句歇后语——肉包子打狗，有去无回。不，不会的，她觉得那个女孩不会做那样的事。这种莫名其妙的直觉盘旋在她的脑子里，驱使她把那个女孩找出来……

"嘿！"

郭漂亮陡然一惊，然后看向声音传来的方向。这声音并不是在叫她，而是叫的另一个班的女生。当那个女生走开时，她看到了长裙女孩坐在对面的椅子上，正在与别人交流，也许在说她幸运地捡到了一支昂贵的口红。

郭漂亮犹豫着要不要上前，长裙女孩忽然抬头，视线与她相交，冲她笑了笑。这简直是种鼓舞，郭漂亮立马就要往那边走了。然后她看到了前任室友罗米坐在女孩的对面！罗米说话了！罗米说了些什么？也许是郭漂亮出手阔绰，异性缘很好，也许是郭漂亮觊觎罗米的男友，也许是……只见女孩吃惊地张大了嘴巴。

虚汗湿透了郭漂亮的脊背，罗米把什么都说出来了，她真是一个大嘴巴！

然后，女孩忽然笑了，罗米也嘻嘻哈哈地笑起来，她们的笑声感染了周围所有人，十几个女孩的笑靥在郭漂亮眼里如此恐怖。

她会相信，相信罗米那些话吗？郭漂亮心里直打鼓。

长裙女孩迟疑地看向郭漂亮，似乎在思考什么。在她似乎要向郭漂亮开口

或招手之前，郭漂亮已经仓皇逃离。

"漂亮，你的任务怎样了？"老四栋楼下，莫明霞碰上了郭漂亮。

"不怎么样，还弄丢了一支口红。"郭漂亮隐瞒了遇见罗米的那部分，只把计划和口红丢了的事告诉了莫明霞，好像是担心莫明霞不相信似的，偷偷看了她好几眼。

莫明霞完全没有发现郭漂亮在撒谎，或者说她起初只是礼貌性地问了问，其实并不在意郭漂亮的回答。

"你呢？那个人……"

"还没开始她就找到她的室友了，没给我行动的机会。"

"哦。"郭漂亮点了点头，没追究莫明霞的不自然。

两个明显相互隐瞒真相的"战友"心不在焉地爬着楼梯，直到有人把她们拦下来。

"我成功了！"甄钟尔拽住她们，兴奋地说。

"什么？"两人一时没反应过来。

"我成功了！"甄钟尔有些激动，她站在五楼楼梯间转角处，加快语速叙述整件事，"她走在一群人最边上稍稍落后的位置，一直玩手机，快要摔倒的时候被我扶住了，但我俩一起摔倒了。她的朋友们都没等她，然后我们就一边走一边聊天。后来我说借个壁柜放东西，她说可以……我成功了！"

怎么可能？竟然这样简单？郭漂亮和莫明霞被甄钟尔惊到了，没想到直钩钓鱼反而更快。

"那你站在这里干吗？"

所有寝室分布在一条长走道的左右两侧。甄钟尔往后挪，目光看向五楼的

某一间寝室。

甄钟尔指了指寝室里面，解释道："查看能放多少，询问室友意见。"也许是兴奋劲过去了，甄钟尔又开始说短句。

"好样的，甄钟尔！"郭漂亮用力拍了拍甄钟尔的肩膀，说道，"你在这里等着，我和大侠上去把你的东西搬下来，我们要趁热打铁！"

"嗯！"甄钟尔用力点头。

"记得我跟你说过什么吗？"郭漂亮补充。

"态度要好，要有礼貌，要诚恳！"

"对，还有，一定要可怜兮兮，越惨越好！"

莫明霞听不下去了，拽着郭漂亮往楼上走："瞎说什么，教坏小孩。"

甄钟尔信心十足，就好像开学报到那天她被哥哥送到寝室时一样。她记得那时她抱着豆苗的姐姐豆花，哥哥帮她扛着行李。哥哥总爱担忧，一下觉得五楼太高了，一下又觉得学校太远了。哥哥把她送进寝室的时候，室友们都羡慕她有一个好哥哥，也跟着哥哥长哥哥短地喊，有一个女孩子还问甄钟尔要了她哥哥的微信号……

"甄钟尔，你过来吧。"瘦小的女生就是刚刚被甄钟尔搭救的刘金花，她有些拘谨地招呼甄钟尔去她的寝室。

甄钟尔像只小仓鼠一样，迅速向刘金花靠拢，她本来想问"金花，你室友都在吗"，但她怕对方察觉自己非常紧张，于是尽量温和地向对方露出笑容，跟着她走进了寝室。

"我问过了，我们还有一个柜子是空的，嗯，右边最上面那个……"刘金花说话轻声细语，生怕打扰到其他室友，"她们都没有什么东西了，你可以把你的行李拿来。"

"好，好的。"甄钟尔怕对方反悔，连连点头，恨不得现在就把箱子放进去。

这间寝室的其他女生各做各的事，玩电脑、卸妆、打电话，她们没有给刘金花和甄钟尔任何关注，也没有因为甄钟尔的到来做出一丝一毫的反应。

"你要放些什么呀？"大概是有些熟悉了，两个瘦瘦弱弱的人突然交流起来。

甄钟尔沉默了一下，她在思考应该如何介绍那些东西。豆苗、豆花的衣服？那样回答的话，金花势必要问豆苗和豆花是谁。如果是郭漂亮问起，甄钟尔会毫不犹豫地说："豆苗和豆花是我的朋友。"可现在与她交流的是"楼下人"。她要怎么和"楼下人"解释豆苗和豆花是人偶呢？在一些人眼里，它们就是娃娃，可在甄钟尔眼里，它们是家人、是朋友。

"衣服。"甄钟尔简单地概括。

"你的衣服有那么多吗？"对方吃惊地问，"竟然一个衣柜和一个壁柜都装不完，这是有多少衣服啊！"

"嘿！你可别小瞧了神神道道的甄钟尔！"一个突兀的女声插了进来，"甄钟尔，你要借柜子怎么不回原来的寝室借呢？虽然你搬出去住了，但你的名字还是挂在我们寝室的呀！"

当这个声音出现的时候，甄钟尔顿时慌了。她怎么忘了她的前室友叫李金花？两个"金花"之间怎么会没有任何交流？

"虽然你的床上放了一些东西，但柜子我们还是可以借给你的。放你那些奇装异服，我倒是无所谓。"李金花佯装大度地说。她边说话边耸肩，一副"只要你求我，我就答应你"的模样。

刘金花被这突如其来的变故弄蒙了。

甄钟尔知道李金花不怀好意，她也不接话，就当作没看到这个人。

然而对方却不是好惹的，竟然被自己瞧不起的甄钟尔无视，她恼怒了：

第二章

"你该不是要装你那些奇奇怪怪的人偶吧？我的天，你可别把它们放出来害人啊！"

"什么？"甄钟尔有些生气了，她虽然听不懂李金花到底在说些什么，但她知道这绝不是什么好话。

"你的那些奇怪的人偶呀！"李金花感受到甄钟尔的情绪变化，心里感觉很满足，她变本加厉地补充道，"虽然没跟你住太久，可你那些人偶……"

李金花省略了后面要说的话，这反而引起了刘金花的好奇，她问："什么人偶？人偶怎么了？"

"吓死人了！"李金花夸张地回答。

"什么东西？什么吓死人了？快讲一讲！"刘金花的室友猛然从自己的世界里抽身，迫不及待地加入这场盛大的八卦。

有了观众，李金花更加张狂了："刚住进寝室的时候我就发现了，她哥哥还老让我们照顾她。我的天，如果不是她哥哥长得帅，我都不乐意和她说话。我以为她只是性格比较安静——何止安静，简直就是阴沉！"

"金花，你当着人家的面说人家坏话，这样不好吧！"有人说了一句公道话。

可这反而让李金花更加来劲："我可没撒谎。你们是不知道，她有好几十个人偶娃娃。你们知道那有多恐怖吗？睡觉睡到一半，睁眼发现一个蓝眼珠子的娃娃瞪着你；玩完电脑一转身，看见一个一脸煞白的娃娃死气沉沉地盯着你……我是不可能觉得这种东西可爱的，简直让人毛骨悚然！"

"哎哟，别说了，真吓人！"来自四川的姑娘有意见了，她不爱听这种故事。

"你们不觉得吗？"李金花压低声音说，"那些娃娃里就像住着灵魂一样。"

"好可怕！金花，你别说了！"另一个女孩低低地哀求道。

那朵青春要开花

甄钟尔整个人都要气炸了，她死死地盯着李金花，从喉咙里挤出两个字："不是！"

"李金花就有一只每天陪她睡觉的小羊玩偶，不过是换成了人偶，就这么难以理解吗？"甄钟尔解释道。

甄钟尔没有朋友，对她来说那些人偶就是朋友！

"不是？什么不是？"李金花信誓旦旦地说，"你敢说你没给那些娃娃取名字？你敢说你没跟你那些娃娃说话？你跟它们说的话甚至都多过和我们寝室任何一个人说的话！"

"我说，你该不会是有妄想症吧？"

甄钟尔浑身一激灵，恨恨地盯着李金花，重复道："不是奇怪的娃娃！"即便在被诬蔑的时候，她仍然不忘先为自己的朋友澄清。

"随便你怎么说吧。"

李金花敷衍她，然后对其他人说："你们真的要把柜子借给她吗？你们就不怕她把那些东西放在你们这儿？"

"不借了。"刘金花突然大声说，她满脸惊恐，的确是被吓到了，"我，我不借了。"

甄钟尔转头，深深地看着她。甄钟尔还没从自己的情绪当中走出来，眼神里带着愤怒和混沌，这让刘金华害怕地往后退了退。甄钟尔看到刘金花的举动，失望地垂下了眼帘。

她还是搞砸了。

"甄钟尔，对不起！"刘金花在送甄钟尔离开寝室的时候向她解释，"你要是放其他东西还成，但是放人偶娃娃……我们寝室的人都害怕，我怕她们会介意……"

第二章

"对不起啊。"刘金花诚恳地道歉。

"嗯。"甄钟尔应了一声,却没有再与她对视,她怕看到对方眼里的害怕,"我明白的,不要紧。我先上楼去了,再见。"

哥哥说,钟尔在家里被宠坏了,不爱说话,不爱交流,你们千万不要见怪。

她们说,宅嘛,很正常的,大家都有不想说话的时候。

哥哥说,钟尔有一些娃娃,她非常爱它们……

她们说,能看看吗?天啊,它们真可爱,好漂亮呀!哥哥,你放心,我们会和钟尔好好相处的。

后来她们说,只不过是个娃娃,我玩一下,有什么大不了的?你还给你的娃娃买衣服?你刚刚在跟谁说话,你的娃娃?

最后她们都说,好可怕,甄钟尔和她的娃娃说话,看着好可怕啊!

每一个人一开始都说"我们会接纳你""这没什么大不了""谁都有点怪癖""这很正常""我们是朋友",后来却变了,她们的改变不需要任何理由,有一天忍受不了你了,就变了。

每一次甄钟尔以为自己会被一群人接纳的时候,对方最后都食言了。

她没有期望被接纳,可为什么到最后都成了她的错?

甄钟尔有时候会想,她的这些小爱好真的有那么可怕吗?她很想告诉哥哥,那些哥哥以为非常好相处的室友从来都没有她的人偶娃娃好相处。

"宝贝有没有好好吃饭?"

"有。"甄钟尔老实地回答。对着摄像头那边的哥哥,她说不出心底的话。哥哥总是会在他不忙的时候仔细地询问甄钟尔的状况。而上次借壁柜失败之后,甄钟尔面对哥哥的关心总是有些愧疚。哥哥以为她会在那个他打好关系的寝室和室友相安无事,她却擅自搬了出来。

那朵青春要开花

"今晚吃了什么？"

"辣椒炒月饼。"有时候，她也会想逗逗哥哥。

果不其然，哥哥吃惊地问："那是什么菜？"

"食堂畅销菜，超级好吃！钟尔，这是你的哥哥吗？哥哥好！"郭漂亮凑到了电脑前，"哇，钟尔，你哥哥好帅！"

"哈哈，你好，谢谢你，小姑娘。宝贝，这是你的同学吗？"哥哥在那头问，钟尔却不知该怎么回答。

郭漂亮见她老不出声，便自己答道："我是钟尔的室友！"

"室友？"哥哥疑惑地重复。

甄钟尔连忙抢答："不是，她，她是来串门的！"

"串门？"哥哥笑了一下，对这个答案有些欣喜，"我们宝贝现在有新朋友了，是吗？真棒！我就说我明明记得你室友里面没有这么漂亮的。"

甄钟尔为自己的敏捷反应点了一个赞。她就知道，以哥哥的记性，他能说出她之前的室友姓什么、叫什么、住哪里、高考多少分，怎么可能会认不出她的室友长什么样？擅自搬出来的事差一点就曝光了。

"好吧！宝贝，你去跟你同学玩吧！哥哥还有点工作，先去忙了。"

"哥哥再见。"甄钟尔老老实实地对着摄像头挥手。

"啊，钟尔，你哥哥太会说话了！"郭漂亮扑到甄钟尔身上撒娇，"要是我跟你姓甄就好了，以后每一个见到我的人都要管我叫——甄漂亮！"

"喀喀。"莫明霞咳嗽了两声，两人都转过头去看她，她正若无其事地做着自己的事情。

"那你就当我的跟班吧！"甄钟尔捏着郭漂亮的下巴，说，"娇艳欲滴的美人啊，投入我宇宙大魔王的怀抱吧！"

"为什么是跟班？难道我不是你最爱的人吗？"郭漂亮生气了，她刚刚还

被钟尔的哥哥夸漂亮呢！

"不，我最爱的是它！"甄钟尔指着桌上穿着橘色卫衣的人偶娃娃。

"天啊，前两天你还说你最爱的是豆花，今天就变成了豆苗！花心萝卜！"

豆苗是棕色头发的小男孩，而豆花是栗色头发的小女孩。甄钟尔以为这些小细节只有自己才能分得清楚，却没有想到郭漂亮也可以。

"你，你分得清？"

"这有什么分不清的？"

这些人偶娃娃在郭漂亮的世界里并不是什么稀罕物，她对此不感兴趣，但并不代表她不知道。郭漂亮是个狂热追星粉，常年醉心微博，网络世界里有太多不可思议的东西，汉服、角色扮演、电竞……

有的人刚进入大学，眼界立即被丰富多彩的社团生活刷新了，而社团生活的多样性与网络生活相比，简直不值一提。

"不会害怕吗？"甄钟尔喃喃地说出了自己的心里话。

"害怕什么？"郭漂亮没和她说上几句话就去玩手机了，注意力似乎并不在此。

"喀喀。"莫明霞又咳嗽了。

郭漂亮下意识地放下了手机，嘴里嘟囔了一句："急什么！"

然后她指着莫明霞，对甄钟尔说："有什么好怕的！你知道'楼下人'都管大侠叫什么吗？"

甄钟尔愣愣地看着郭漂亮，她害怕郭漂亮说出什么伤人的话，连忙打断："别说了，别说了，我要去洗衣服了。"

"嗨，你慌什么呀！你以为大侠自己不知道吗？人形兵器莫明霞，交际花郭漂亮——说交际花还是她们客气了。"

那朵青春要开花

"我，我真的要去洗衣服了。"甄钟尔想走，却被郭漂亮拉住了。

郭漂亮带着一丝语重心长，由衷地说："人偶没有什么好可怕的，可怕的是人心和人说出来的话。钟尔，你知道吗？我们都是活在谣言里的人，有些人说大侠打过人，有些人说大侠是个混混，走后门才进了我们学校。可你看大侠那副有脾气不敢发的孬样……"

"喂！"莫明霞有意见了。

甄钟尔上次借壁柜失败得莫名其妙，问什么也不说，还总躲着她们，于是就有了今天这一出。

"我错了，我错了，对不起！"郭漂亮笑嘻嘻的，没有一点悔改的意思，"重点不在这儿。我是说你看大侠看起来那么冷酷，但她和谣言说的不一样！要不要害怕一个人，或者说要怎样认识一个人，不是凭他人说的话，而是凭自己的心去分辨。你明白吗，钟尔？"

甄钟尔猛地站起来，谁也不敢看，噔噔地跑去提起自己装满衣服的桶子，道一声"我去洗衣服了"，就匆匆离开。

"啧。"莫明霞有些不满，"想了解借壁柜失败的事，你直接问为什么就好了，磨磨蹭蹭的，又跑了吧！"

郭漂亮却突然站直了，认真地说道："大侠，'怎么了'比'为什么'重要。"

莫明霞一愣，随即明白了，愧疚地说道："是我想错了。"一次失败了还能有下一次，关键是甄钟尔怎么了。莫明霞看到郭漂亮拿着几件衣服下楼，忙问："你干什么去？"

郭漂亮嬉皮笑脸地答道："妙手仁医！"

"钟尔宝贝，漂亮姐姐来找你玩了。"郭漂亮吊儿郎当地下楼，嘴上一点

儿都不消停，进了五楼的洗衣房就习惯性地想往站在洗衣机前的人身上趴，结果却发现两台洗衣机只有一台正在工作，站在洗衣机前的人也不是甄钟尔。郭漂亮立马站直了，抱歉一笑，转身离开。

"咱们干吗一定要赶她下去？"

郭漂亮听到洗衣服房里的说话声，有种不好的预感，她稍微停顿了一下，果然听到另一个人说："我哪里赶她了，我就说了几句，哪知道她就受不了了。你真不怕她吗？别人都说她脑子有病。而且你看见她拿来洗的衣服了吗？"

果然是在议论甄钟尔！

第一个说话的人激动地附和："看到了！那衣服叫一个夸张！大红大绿、广袖长襟，演戏呢！"

"谁知道呢，说不定人家入戏太深了，哈哈哈。"

不知道里面的人又低声说了什么，心照不宣的嬉笑声听得郭漂亮脑袋发涨。

洗衣房是谁家的吗？还能把人挤对走？洗什么衣服碍着她们什么事了吗？这也有意见！

郭漂亮怒气腾腾地往楼下冲，挨个去洗衣房寻找甄钟尔的踪迹。她担心甄钟尔这样的乖小孩会承受不了那样的排挤。

下了两层楼，郭漂亮终于找到了甄钟尔，出乎意料的是，她看起来和平常没什么两样，不愤怒，不抱怨，不发泄任何情绪，只是安安静静地做自己要做的事。

"为什么在三楼，五楼不是还有一台洗衣机空着吗？"

甄钟尔避而不谈，看着郭漂亮手里的衣服，问："你要不要一起洗？"

"她们把你赶下来了？"

那朵青春要开花

　　"你给我吧，我俩一起洗。"甄钟尔伸手去拿衣服，却被郭漂亮猛地抢了回来。

　　郭漂亮愤愤不平地说道："她们没资格赶你走，那是公共场所，又不是她们家！"

　　"是我自己下来的。"

　　"她们是不是欺负你了？你怎么不还嘴呢？"郭漂亮怒其不争，"吵不过就大声喊，我和大侠下来帮你！"

　　甄钟尔看着焦急的郭漂亮，忽然笑了。这样的郭漂亮忽然和哥哥重叠了……以前哥哥总希望她能有很好的朋友，他说朋友是真正了解她的人。她以为朋友就是刘金花那样的人，原来不是。

　　朋友是像郭漂亮和莫明霞这样，为你受到的欺辱愤怒，为你获得的成就欣喜，朋友原来是这样的人。

　　"好希望你嫁给我哥哥啊。"甄钟尔莫名其妙地说道，那样，对她很好很好的人就在一起了。

　　郭漂亮突然害羞了，捂着胸口问："可以吗？你哥哥跟你说他喜欢我吗？"

　　甄钟尔看着她，无言以对，半晌才说："别做梦了，他有女朋友了！"

　　"哦，别扯开话题。来，跟姐姐说说，那两个人怎么对你的……"

　　甄钟尔把郭漂亮的衣服扯过来，用力塞进洗衣机里，边撒洗衣粉边说："没什么，她们不过是你说的那种人云亦云的家伙……"

　　"智障！"

　　"对，就是智障。"甄钟尔笑了笑，见郭漂亮还有些愤愤不平，又道，"我哥说，狗咬你一口，你还一定要咬狗一口啊？"

　　郭漂亮哈哈大笑："那你要是被狗咬了，你哥一般怎么做？"

　　甄钟尔忽然板起脸，学着哥哥的样子老气横秋地答道："她和钟尔玩不到

第二章

一块儿，我知道了，我会给钟尔转学的。"

"真的假的？你哥不都叫你宝贝吗？我哥从来只会说……"

郭漂亮的情绪来得快去得也快，很快两个人又开始叽叽喳喳。洗衣房比较空旷，清脆的声音撞在墙壁上又弹回来。甄钟尔听着回声有些发愣，她从来不知道自己可以这样快乐。

"我说你洗衣服难道就是丢进洗衣机、撒洗衣粉？"郭漂亮把甄钟尔拉开，示意她学自己的动作，"你得把衣服展开，把洗衣粉撒均匀啊……我的天……你这衣服！"

大红大绿，广袖长襟。郭漂亮脑子里浮现出五楼那两个女生说的话，这是……汉服？

"这衣服！这衣服……"郭漂亮激动起来。

甄钟尔根本就不想听她后面的话，那些带着演戏、浮夸、小丑等词语的话。她想捂住郭漂亮的嘴巴。

郭漂亮一脸痛惜地说："这衣服你就这么用洗衣机搅啊？都毁了！"

"啊？"

"我怎么都没见你穿过啊？漂亮衣服得穿出来啊！"郭漂亮叹气，搅都搅了，只能任它们被洗衣机蹂躏。

甄钟尔不想谈论这个话题，拉着郭漂亮就要离开。

"走什么？二十分钟就好了。你还有其他衣服，拿出来看看啊？"郭漂亮本来不想走，想起其他衣服，又拉着甄钟尔上楼，叫甄钟尔给她看看其他的汉服。

甄钟尔却怎么也不肯答应，回了房间就开始装闷葫芦。

郭漂亮怒了，说道："小没良心的！好看的东西当然要让大家都看到啊！"

"你以为都像你啊，喜欢一个明星就要嚷嚷得大家都知道。"莫明霞让她别折腾甄钟尔了。

郭漂亮反而振振有词："喜欢当然要说出来！我宣传他，这样才会有更多人喜欢他啊！"

甄钟尔明显是听进去了，在一边偷听两人说话。

"歪理，你这是强行宣传，万一别人就是不喜欢呢？"

"不喜欢就不喜欢呗，又不是非得谁都喜欢。不过要我说，不喜欢就不喜欢，要是不喜欢还要胡说八道，那我就……"郭漂亮摩拳擦掌。

莫明霞问："那你就怎样？"

"当然是为爱而战啊，代表月亮消灭他们！"

甄钟尔看着两人嘻嘻哈哈打闹，内心却被郭漂亮的"歪理"打动了。为爱而战，这四个字光听起来就很美好啊。但她做不到的。甄钟尔低头看着自己桌上的豆苗，豆苗正帅气地托着下巴看着她。做不到的，她还没开始尝试就已经给自己下了结论。

BLOOM OF YOUTH

第三章

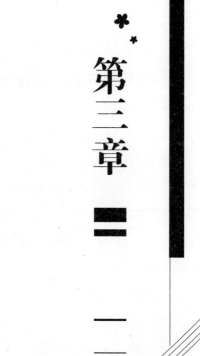

二

一

一

那朵青春要开花

　　明亮的礼堂里坐满了人，远处的舞台上，一位老教授拿着麦克风，正在讲述他的写作经验。

　　这是一堂讲座，没人可以缺席的讲座。

　　郭漂亮听得乏味了，伸了一个大懒腰："让你们不相信我的修图技术！咱仨完全可以伪造一张自己在现场的图，然后发给江教授，我保证他那老花眼看不出来是假的！"

　　江教授太聪明了，别的班被勒令听讲座签个到就能跑，他要求我们在开场、结束时各拍一张照片，以作为我们在现场的证明！

　　"来都来了。"莫明霞敷衍她，怕她喋喋不休，马上转移话题，"哎，你上次不是出去追星了，你的图呢？"

　　这话题可算是打开了郭漂亮的话匣子："别说了，那天丢脸死了！我不是跟你们说我就比我偶像早一点点，在出关的地方等着他吗？他出来的时候我去拍照，没想到一个不长眼的冲了出来，我不明白他为什么非往人堆里面冲！我被他一撞，当着大家的面摔了一个大马趴！"

　　甄钟尔听得津津有味，眼睛瞪得溜圆，甚至还把豆苗扭过来，让豆苗也一起听故事。

　　"然后呢？"甄钟尔问。

　　"在场的人全都蒙了！因为我摔的时候人在上，单反相机在下，所有人都

第三章

听到了相机碎裂的声音。"郭漂亮说得声泪俱下，"钟尔，你知道单反相机碎裂的声音是怎样的吗？那就是一沓人民币被撕碎的声音啊！我一站起来，镜头碎了一地。"

"后来我想，要是我偶像把我扶起来，我也就不枉此生了！"

"扶了吗？"甄钟尔询问。

"我第一时间就被扶起来了。"

"那你不是得偿所愿了吗，怎么还这么不开心？"

郭漂亮绝望地说："是那个把我撞倒的家伙扶我起来的！因为他把我扶起来了，所以我偶像只是问我有没有事，然后，就没有然后了……想起来就心酸……"

"节哀。"甄钟尔诚恳地说道。

郭漂亮讲故事的时候，后面一个人的手机掉到了前排，那人拍着郭漂亮的肩膀请她帮忙捡一下。

郭漂亮把手机还给对方之后，继续说："不过我后来整了他一下。特别神奇，回程我跟人拼车，没想到拼车对象就是那个家伙。我吓唬他，说我的相机问题可大了，没有一两千块根本解决不了问题！然后那人被我唬得一愣一愣的……"

"你不是真骗人家钱了吧？"莫明霞有些担心，整人玩倒是没关系，涉及钱财那就不好说了。

"怎么可能！我就是气不过整整他，而且我的相机是真的摔坏了，我也没有找他赔！"郭漂亮越说越生气，破财事小，丢脸事大！尤其在自己的偶像面前丢脸，简直生不如死！

"姑娘。"后面的人又拍了拍郭漂亮的肩膀。

那朵青春要开花

郭漂亮边回头边说："这次让我捡什么？你说。"

后面的男生说："姑娘，害你丢脸真是不好意思，我那天有点急事，把你撞倒真不是故意的。我刚才听你说你的相机真的摔坏了，我知道你不缺这个钱，但我还是想补偿一下，要不你那相机我帮你拿去修一修吧？"

三人齐刷刷地回头，只见后面坐了一排其他系的男生，一群大高个男生要么捂嘴偷笑，要么憋着似笑非笑，只有说话的那个男生一脸诚恳地看着郭漂亮。

"要不我们加个微信？"男生说。

被整蛊、被嘲笑的对象就坐在她们身后，并听到了所有对话。三人意识到这一点，全都愣住了。

甄钟尔低头对着豆苗悄声说："这就很尴尬了。"

郭漂亮硬着头皮加了对方微信，得知这个身高一米八八的事主名叫冯亚星。小伙子特别积极地处理"撞击"事件的后续赔偿问题，要不是老教授结束了讲座，郭漂亮她们三人还无法从尴尬的局面中脱离。

那次之后，郭漂亮就没再把那件事挂在心上。但冯亚星一直记着，两人商量了好几个来回，终于同意各退一步，冯亚星帮忙找靠谱的维修店，但修理的钱还是郭漂亮自己掏。

"一个美丽的周末怎么可以少了约会？"虽然并不是普通意义上的约会，但郭漂亮仍然对此充满期待。

"你也别只记着你的高个帅哥，也想想借壁柜的事。"莫明霞一盆冷水浇了郭漂亮一个透心凉。

郭漂亮不耐烦地应道："我知道，我知道，我已经用微信联系了好几个

人，不出意料这两天就能借到一个！"

莫明霞的脸色缓和了一点，她有些担心地说："你和他出去约会，就不怕那些关于我们的谣言被他知道？"

莫明霞的提醒像一记警钟，人形兵器莫明霞、交际花郭漂亮、神经病甄钟尔，这几个名词再一次回到了三个人的脑海里。

"怕什么？我又不图他什么。"话虽然这么说，但郭漂亮的脸还是白了，她佯装轻松地回答，"应该没事吧，他，他跟我们又不是一个系的。"

"希望如此吧。"

然而有一句俗语叫"好的不灵坏的灵"。

冯亚星是个很棒的约会对象，会提前在约会地点迎接女生，会贴心地推荐低糖低脂的饮料，殷勤但有分寸。

相比之下，冯亚星的朋友就显得不怎么样了，满嘴跑火车，牛皮满天飞，牛人都是他朋友，亲戚个个了不得。

咖啡馆里，百无聊赖的郭漂亮心里对坐在对面的两个男生做了全面的分析和点评。

没办法，冯亚星太负责了，即使他准备把单反相机交给他觉得靠谱的朋友去维修，但还是要把所有过程问个遍。他问得越透彻，郭漂亮就越无聊。还好他及时发现了郭漂亮的无聊状态，建议她去吧台看烘焙师傅做西点。

这个建议，郭漂亮大为赞同，欢欢喜喜地跑去看做蛋糕，然后满脸郁闷地捧着一托盘的切片蛋糕回来了。

她想，没关系，反正还有冯亚星和他朋友，三个人总能消灭这一盘子蛋糕吧。

这个小包间有一道别致的门帘，捧着小托盘的郭漂亮怕门帘把蛋糕弄坏，

于是倒退着进门。就在这个时候，她觉得不怎么样的那位"专业人士"在里面大放厥词。

"我说我的亲哥们儿，我这回可是为了你的终身大事下了血本啊！哪有镜头碎了，骗小姑娘说UV镜（紫外线滤光镜）碎了，让人家象征性地给一两百元，自己填大头的？"

"关你什么事啊，都说不用你便宜我一分钱，该多少我给你多少。"冯亚星笑着回答。

"我说，你干吗非她不可啊？我跟着我舅弄那个摄影工作室，漂亮姑娘多了去了，我给你介绍十个八个的不在话下！"

"我就喜欢这个'漂亮姑娘'。"冯亚星的语气带着肯定。

这话听得郭漂亮心里甜滋滋的。她老对甄钟尔自称"漂亮姐姐"，冯亚星管她叫"漂亮姑娘"，有些不谋而合。

"我真不乐意见你跳火坑。你知道不，这个女的上'小报A大'了。她就是住在老四栋顶楼的那位。她当初一边和室友姐妹相称，一边勾搭室友的男朋友……"

男生的话让郭漂亮愣住了。她的记忆回到了十月的那一天。她至今都觉得那天的自己蠢得要命，明明总是一起吃饭的另外三个室友忽然说各吃各的，怎么也不愿意一起行动，可转头又勾肩搭背、有说有笑，她却没意识到不对劲。直到寝室门一关，面对着哭泣的罗米和两个室友的质问，她才慌了，她没遇到过这样的事。

"那女的可精了，加了室友男朋友的微信，说是为了考验他，实际上就是想挖墙脚……"

是他加的我。郭漂亮在心里反驳。

"每天缠着对方聊天，还发语音说晚安……瞧这撒娇的本领。"

是他以问罗米的事情为借口，说不上几句就发语音、发视频。

"最后闹开还把人家的正牌女友给打了。那正牌女友从寝室一路哭到辅导员办公室告状，据说还去了医务室。你说这女的彪悍不彪悍……"

罗米用一桶染了颜色的洗衣水毁了她六套写真集，她推搡了一把，立马被说成打人，另外两个室友冲上来拉架，她动都不能动能打谁？

前些日子郭漂亮不断回想那一天的事，六套写真集泡水，她怎么不狠揍罗米呢？就像现在一样，明明有个人隔着门帘说她坏话，她却连冲进去吵架都不敢。

郭漂亮阴暗地想，她要去把吧台所有的蛋糕都买了，记在小包间的账上。然后又沮丧地觉得，她也就只能做这种事了，没志气。但她从未想过冯亚星会替她说话，或许她潜意识里觉得不会有人相信她。

所谓众口铄金，她都被人传成那样了，谁还会信她呢？

"那女的、那女的，她有名有姓，你放尊重点！"斯文有礼的冯亚星忽然大喝一声，吓住了里面的胖子，也吓住了郭漂亮。

"嘿，我这是为你好。"

"好什么！'小报A大'算什么东西？知不知道造谣阅读量超过五百要被判刑？"冯亚星胡编乱造，还猛踹了一脚桌子，低声骂了一句，脸色稍缓又道，"那都是些没影的事，造谣，知道吗？"

"你还没跟她好上呢，就这么护上了？"胖子嘲笑他。

冯亚星斩钉截铁地说："这不叫护，这叫信任！我知道她不是那样的人！"

胖子讥讽他："还信任，你吃了亏就知道她是怎样的人了！"

那朵青春要开花

　　冯亚星见说不通，便不跟他计较了，只是敲着桌子说："看人用的不是耳朵和别人的嘴，是用自己的眼睛和心，懂吗？我的心告诉我，她不是那样的人！"

　　冯亚星说得斩钉截铁，站在门外的郭漂亮心里甜如蜜，笑容止都止不住。

　　"什么勾搭、小三的，瞎编乱造！"

　　"行吧，千金难买你乐意。"冯亚星的话，胖子没有承认也没有否认，敷衍着不愿伤了和气，又说，"相机我送去我舅那儿，修好了再拿给你。"

　　胖子识相地收拾东西离开，门帘外的郭漂亮没法躲，尴尬地侧身进去了。

　　一托盘切片蛋糕放在桌上，郭漂亮给冯亚星拿了一片，自己低头戳着冰激凌玩，斟酌再三才开口："你知道了？"

　　"你都听到了？"

　　两人同时开口。

　　郭漂亮抬头，冯亚星羞涩地笑了笑，和刚才放狠话的彪悍模样判若两人。他解释道："我觉得……我觉得你不是那样的人……"

　　他说话的声音有点低，像是心虚一样。

　　郭漂亮抿嘴沉默。光洒下来，落在她小巧挺翘的鼻子上。郭漂亮在心里嘲笑自己，她想，我是哪样的人呢？别人眼里的我就是那样的。

　　冯亚星又开口："你哭了。"

　　"啊？"郭漂亮抬头，不知道自己怎么让他误会了，"我没有啊。"

　　"我说我撞坏你相机的那天。"冯亚星有些不好意思，"我以为留了电话号码，你会找我要赔偿，结果你没联系我。后来我在机场外看到你哭了，感觉你是觉得太丢脸，委屈得哭了……"

　　而且哭得好可爱。这话冯亚星没好意思说。

郭漂亮的脸热得快冒烟了，心里对自己说那天自己怎么那么蠢，怎么不回了寝室再哭呢？

"回程的时候咱们拼车又遇见了，这个你记得吧？你那时候看着手机，好像又哭了……"

她发誓再也不跟人拼车了！

"所以我唬你玩的时候，你知道我是在唬你？"郭漂亮质问道。

冯亚星怔了一下，选了一个较好的措辞："唬着唬着，你也就没有哭了……"

郭漂亮哑口无言，敢情我在逗你玩，结果是你在配合我！

"你还骗我说去买水呢，一转身就不见了，也没加我微信……"冯亚星滴溜溜的大眼睛里满是委屈。

郭漂亮心里跟放烟花似的，他怎么可以觉得委屈，他委屈的样子好可爱啊！这么漂亮的我怎么可以暴露花痴的本性，郭漂亮，收敛一下！

"现在不是加了嘛。"郭漂亮尽量正经地回答。

冯亚星见好就收，又给郭漂亮点了解腻的红茶。两人对坐吃着蛋糕，越吃脸越红。

"我们不会要把这些都吃完吧？"冯亚星数了数，算上吃掉的总共有十五块之多，"别吃了，我让店员打包，你带回去给你室友也尝尝吧。"

"哦。"郭漂亮也有点后悔，怎么就吃货病发了呢？

冯亚星挥手叫店员，郭漂亮瞅了一眼手机，这一眼不得了，她失声叫了出来。

"怎么了？你偶像发微博还是出新歌了？"冯亚星含笑问她，丝毫没有觉得她脑残或瞧不起她的意思，反而很懂追星族的套路。

"都不是！"

"那是什么？"

"有人肯把柜子借给我了！"

郭漂亮提着一袋子打包好的切片蛋糕兴冲冲地往学校赶，都没有先回寝室，只是在微信里汇报了一下，就匆匆赶去了那个答应借柜子的女生那儿。

"亲爱的，请你吃蛋糕！"郭漂亮从没这么亲切热情过。

"都给我吗？那多不好意思！"女孩嘴上说着不好意思，眼睛却盯着那个袋子。

郭漂亮想说"不，只是请你吃一块，其他的要留给钟尔和大侠"，但女生已经麻利地把袋子接了过去。郭漂亮暗暗感慨对方的不讲客气，只能自己把这个亏默默吞了。

"月月，哪个柜子……"

"天啊，这蛋糕超级好吃！"月月忙着吃，不好意思地答道，"你打开看一下，我不记得她们说哪个是空的了。"

月月的寝室里没有其他人，她又忙着吃郭漂亮带来的蛋糕，郭漂亮只好搬了一把椅子，挨个查看壁柜的容纳情况。好不容易打开一个柜门，轰的一声，满满当当的物品倾倒下来。郭漂亮手忙脚乱地去接，但还是有一部分掉了下去。

"这……月月……"

她想叫月月帮把手，结果月月嘴里含着一口蛋糕，装作不明白的样子，笑着回答："不碍事，不碍事，你再放回去就好了。"

郭漂亮无奈，费了好一会儿工夫才把那些东西全塞回柜子里，然后在它们

掉下来之前把柜门关上。

开第二个柜门的时候，郭漂亮就聪明多了，只开一条缝隙，然后把眼睛凑过去查看。没两秒，她把柜门关上了。

"你这都是满的啊！"郭漂亮抱怨道。

"啊，那大概空的在上面吧，我也记不太清了。"

郭漂亮看着自己的蛋糕被一块块消灭，心里有点郁闷，但为了她的宝贝有个能睡觉的地方，她给自己鼓了把劲，继续找空柜子。

上面两个壁柜更高了，不得已，她把三张凳子垒在一起，晃晃悠悠地高空作业。右边那个依旧是满的。只剩下最后一个的时候，郭漂亮喘了一口气——终于不用再猜了。她想把柜门打开，站在凳子上等着大侠把她的东西拿来。

最后一个柜子，柜门有点难开，郭漂亮使了好大的劲，猛地一拉，咣的一声，柜门掉到了地上。

郭漂亮吓了一跳，整个人站不稳，往后面倒去。一个人影冲过来，抱住了郭漂亮。郭漂亮上半身靠在那人怀里，腰腿悬空，只有脚还立在颤颤巍巍的凳子上。

"你怎么不等我来了再弄？"莫明霞很生气。

"我想趁热打铁。"郭漂亮委屈地解释。

莫明霞把她抱下来，放在地上："这门怎么是坏的？万一砸到了怎么办？"

月月有些害怕莫明霞，她脸色发白地解释："我……我也不知道是坏的啊……"

郭漂亮觉得对方说得有道理，示意莫明霞把柜门装回去就算了。

结果莫明霞冷着一张脸，怒气四溢地说："那这个柜子是不是满的，你总

知道吧？"

"满，满的吗？"月月眼珠子乱转，试图蒙混过关，"我以为有一个是空的……"

"算了，大侠。"郭漂亮想息事宁人，因为她没见过莫明霞发这么大火，虽然很暖心，但也不想多生事端。

"你知不知道从这么高的地方摔下来可能骨折？"

郭漂亮沉默。

最后两人离开了月月的寝室，月月追着问柜门怎么办，被莫明霞一句"柜门坏了你不会找宿管维修啊"给堵了回去。

两人走到一半，郭漂亮发现自己的手机没拿，又折了回去。薄薄的木门挡得住视线却挡不住声音，里面的人明明上一秒还很忐忑，现在却张牙舞爪，她说："罗米，我可帮你报了大仇了，我把郭漂亮折腾得够呛，哈哈哈……她在我们寝室折腾我那个烂柜子，差点没把腿摔断……我偷偷告诉你啊，上次她在食堂掉了支口红被刘畅捡到了，刘畅近视八百度没看清是谁掉的，我就蒙她，说是我的……"

不知道罗米说了什么，月月又义正词严地说："哎呀，你就是太好心了，对付她这种人，就该这样不留情面！你知道她用的都是什么口红吗？两三百块一支！不从男的那儿骗，小丫头片子哪来那么多钱乱花啊……"

郭漂亮这一下午听了太多太多的负面词汇，虽然有冯亚星的信任，但她心里的沮丧和暴躁也没被冲散丝毫。

人为什么可以这样呢？她想，她得罪过胖子吗？她和月月熟吗？她接受过"小报A大"的什么采访吗？不了解一个人，凭什么这样诽谤对方！世界上没有脑子跟着人云亦云抹黑别人的人，怎么就这么多？

第三章

太阳下山了，墨色镀上天际，走廊的灯还没有打开，整个空间显得又昏暗又沉寂。

"漂亮！你的手机在我兜里呢，我刚刚发现的。"莫明霞去而复返，站在走廊的尽头朝郭漂亮招手。

在莫明霞出现之前，郭漂亮脑子里闪过了很多念头，这些念头闪烁着邪恶的光芒，它们催着郭漂亮选择冲动一把。但郭漂亮只是静静地站着，平复了呼吸，也熄灭了那些光芒。

"漂亮？"

"啊？"她缓缓地应了一句，"好，就来了。"

有人相信你是清白的，就有人相信那些诬蔑你的传闻。生活就是这样，这没什么大不了的。

周五早上没课，难得睡到自然醒。郭漂亮伸了一个懒腰，瞥见甄钟尔正在衣柜前拿衣服，立马叫嚷起来："哇，粉色！粉色那件好看，扎两个小辫儿就是粉嫩少女……暗红色那套，扎个高马尾，袖口绑上绳子再化个妆，简直就是武功盖世的侠女！"

郭漂亮趴在床上分析哪套汉服应该配哪个妆容、搭什么配饰，郭漂亮把这个行为称为"对美和漂亮事物的执着"。

莫明霞从她俩附近走过，立马被郭漂亮喊住："就像大侠一样，你看，大侠这样的侠女！钟尔，你不考虑穿出来展示展示吗？你买那么多，穿一件出来玩也行啊。就一件，一件好不好……"

郭漂亮还想耍赖，却被莫明霞制止："算了，人家不乐意你就别勉强了。"

那朵青春要开花

话说到一半，郭漂亮搁在桌子上的手机响了。

莫明霞把手机给她递上去："喏，你对美和漂亮事物的执着事业可以在这里进行，你那个又正直又羞涩的高个帅哥。"

郭漂亮接过手机，看了一眼，立马兴奋得在床上打滚。自从上次美好的约会结束后，两人就保持着这种心照不宣的暧昧关系。歌词说"暧昧让人受尽委屈"，但他们两人的这种"暧昧"充满了粉红泡泡。

"你不是说你最爱你的偶像吗？怎么，要变心了？"

"这是不一样的。"郭漂亮执着地解释，"偶像是要有坦荡星途的人啊！他和我在一起却要牺牲他的事业，这是我绝不能答应的！"

"那也得你偶像看得上你！"莫明霞呛她。

"闪一边去。瞅见没有，这帅哥可是对我一见钟情……"

甄钟尔看了她一眼，耿直地说："他弄坏了你的相机，愧疚。"

郭漂亮摆摆手，经验老道地解释："这只是一个约出去吃饭的借口。"

"真的假的？"莫明霞质疑，"你之前不是说不让他赔偿？"

"没让他赔，他帮我找了一家靠谱的维修店，钱还是我出。虽然那天那个胖子牛皮满天飞，还对我很不满，报价倒是不偏不倚，也算是给了个熟人价吧！"郭漂亮蹦下床，边挑衣服边哼歌，可见其心情之雀跃。

"漂亮，你怎么老跟他吃饭呀？"没有打通恋爱那根筋的甄钟尔不解地问道。

"这你就不懂了吧？"郭漂亮耐心地解释，"送相机的时候，他请我吃顿饭；拿相机的时候，我请他吃顿饭；他不好意思，又回请我一顿……一来二去的就……明不明白？"

"就勾搭上了。"莫明霞直白地说。

"等漂亮姐姐找了一个帅气的男朋友，他寝室里的其他帅哥就是你俩的了……哈哈哈……"

"不劳你操心了，你给我弄一个柜子来，我就谢天谢地了。"这是来自莫明霞的蔑视。

"哼，没劲。"郭漂亮冲她嘟了嘟嘴，快速打扮好自己，朝着两人飞了一个吻就出了门。

下到第三层，郭漂亮碰上自己同系不同班的高中同学，两人还曾经一起坐飞机回家，郭漂亮和她寒暄了几句才继续往楼下走。

"等很久了吗？"

冯亚星摇摇头，把一杯小米粥递给郭漂亮："没多久。你先喝点小米粥垫一垫，我估计我们吃饭的地方要等位。"

等位大概是假话，但冯亚星知道这个时间起来的郭漂亮肯定没吃早饭。郭漂亮也不拆穿，接过已经插好吸管的小米粥喝了起来。

"胖子也和我们一起吃饭吗？"

胖子怎么可能那么不识相？冯亚星不好意思地笑了一下，回答："不，他不和我们一起吃饭，就，就我们俩。"

"不是说我的相机修好了吗？"郭漂亮追问。

明白不能蒙混过关了，冯亚星才坦白："相机已经修好了，在我寝室里。"

看来是醉翁之意不在酒了。

郭漂亮笑着朝他摊手："那我拿什么？"

"相机不是你的宝贝吗，吃饭带着它，磕着碰着怎么办？等会儿吃完饭，我带你上我寝室去拿，成吗？"冯亚星小心翼翼地说。

"那……"郭漂亮佯装犹豫，好一阵子才回答，"那得看你带我去吃什么好吃的。"

冯亚星高兴得耳朵都红了，努力稳住自己："我保证是你进学校以来绝对没吃过的好吃的！"

A大靠近江边，因此附近有不少河鲜店。郭漂亮跟着冯亚星进了一家河鲜店，左顾右盼："吃鱼啊？这可没什么意思。"

冯亚星也不让她看其他水产，直把她往里面推："你别管吃什么，反正今天轮不到你点单。"

郭漂亮说他神秘兮兮的，他却怎么也不肯提前揭晓答案，一定要等到菜上桌让郭漂亮自己看。

没一会儿就有人来上菜了。

一铁盘子大闸蟹上了桌，郭漂亮立马就激动起来："螃蟹！"郭漂亮不由得怀疑冯亚星是不是偷偷关注了她的微博号，因为她最近总在转发阳澄湖蟹农抽奖的微博。

"喜欢吗？"冯亚星眼里闪着的光说明他很期待郭漂亮的回答。

郭漂亮连连点头。

得到郭漂亮的肯定回答，冯亚星这才放下心来。

随后，老板又相继端上了碳烤生蚝、蒜蓉粉丝扇贝、香辣花甲和大盘虾。

冯亚星想，女生应该是爱吃这些的。

果然一顿海鲜大餐吃得郭漂亮肚子圆滚滚，到最后只剩满桌狼藉。

冯亚星去结账，郭漂亮坐着休息。

老板来清理桌子时，忍不住说："小姑娘，你男朋友对你可真好。"

郭漂亮不明白。

老板边笑边指着外面的水箱说："我们这里是河鲜店，生蚝和扇贝虽然有，但大闸蟹真没有！那可都是你男朋友从网上购买、再让快递用生鲜盒子装好送来我们这儿，请我们烧好，才给你吃的！"

老板不住地夸赞冯亚星，听得郭漂亮一愣一愣的。她想万一自己不答应一起吃饭呢？他得做多少准备，才能看似轻松地请自己吃这一顿饭？

想完了这些，郭漂亮又有些提心吊胆。冯亚星是只对自己这样，还是对其他女生也这样呢？

高高兴兴吃一顿饭，吃完却多了好几个心思，一下喜一下忧的，但郭漂亮并不反感自己这样，反而有些欢喜。

"嗡嗡嗡！"

冯亚星在不远处和人聊天，好像是遇见了自己的朋友，他的手机在郭漂亮的手边不停地振动。

郭漂亮承认自己对冯亚星是有些动心的，但她知道他们俩的关系远远不到能看对方手机的地步。

但她还是看了，不是好奇心作祟，真的只是无意的。她无意间看到了屏幕上的消息，是来自胖子的微信。

胖子：哥们儿，镜头的钱不是一笔小钱，我知道你被那"漂亮姑娘"迷住了，听不进劝，但好歹别被人当冤大头耍。我这儿有几张聊天记录的截图，里面的话是那女生的高中同学说的，你可长点心吧。

接下来是几张图片。

这本是一个美好的中午，他们可以吃完饭后在江边散散步，然后步行去男生宿舍取相机。拿了相机，郭漂亮去教室上课，也许冯亚星要顺路去图书馆，

那朵青春要开花

便把她送到教学楼……就像很多恋情开始时那样。

但几条微信打破了一切。

郭漂亮知道看别人手机不对，可她没办法控制自己。她想如果冯亚星的手机有密码，就注定自己看不到，那样她就能装作什么事也没发生过。她想冯亚星肯定能处理好这件事，他会相信她，他会思考，他们能顺利地把这件事翻篇。

可郭漂亮翻不了篇。

高中，那是她最辉煌、最精彩的时代。她漂亮、成绩好、会弹钢琴，老师、同学没有人不喜欢她。漂亮的小孩从小就惹人喜欢，她顺风顺水地长大，没想到进了大学却栽了一个大跟头。

她以为她在大学的这些经历如果被某一个高中同学知道，他们绝不会相信，他们会觉得这是在讲故事，因为他们眼里的郭漂亮绝不会是那样的人。事实上，上次郭漂亮和那个高中同学一起回家时，对方还指责了罗米。

郭漂亮不能想象当时那么义愤填膺的同学，能说出些什么需要冯亚星"长点心"的东西来。

手指触亮屏幕，轻轻往右一滑，没想到冯亚星真的没设密码。那一刻她想，这段还没开始的恋情大概要无疾而终了。

头像、语气、表情包，全都证明是那位同学，不存在换了一个人的可能，也不存在伪造了一段聊天记录的可能。

那是一个群聊，有人拍了冯亚星和郭漂亮走在一起的照片，立马有人叫嚣地说："郭漂亮那种人也配得上冯亚星？"有人点高中同学的名，说她知道内情。盛情难却之下，高中同学的第一句话是："她不就是冲着冯亚星有钱！"

郭漂亮盯着那张截图看了很久，愤怒把她的灵魂和身体剥离开来，她像是一个旁观者在看着这一切。

她心想，我才不是冲着冯亚星有钱，我是冲着他的人。

但有什么用呢？一个漂亮女孩用着与年龄不符的昂贵物品，这一切就是原罪。

郭漂亮的那位高中同学似乎特别明白这些好奇群众的心理，她知道她的听众们想听些什么，她把有关郭漂亮的一切编造得有模有样：上下学豪车接送、一起逛街会有中年大叔打招呼、时不时会多出一些昂贵的首饰、掉了iPhone6立马换iPhone7……

那些女生把它们和谣言中的郭漂亮结合在一起，形成了一个新的形象。

说出这些所谓事实的那个人，甚至在这顿午饭前还非常热络地和她聊天！

这是本来就不了解她，还是为了融入新群体而不得不抹黑她呢？但无论如何，今天之后，郭漂亮的形象就越发洗不干净了，无论别人提出怎样的意见，都会有人说："你看，她高中同学都是这样说的，难道高中同学说的还有假？"

那冯亚星呢？他会相信这些吗？

郭漂亮看着正朝她走来的冯亚星，在心里飞快地做了一个决定，她决定赌一把。

星期五一整天只有下午有两节专业课，班干部为同学们考虑，多次想把下午的课换到上午，好让想回家的同学能早点离开，但任课老师死活不答应。没办法，三班的学生只能眼睁睁看着其他班的同学离开，自己老老实实坐在教室里上完最后两节课。

"怎么了？"甄钟尔敏锐地发现旁边的郭漂亮两节课一直盯着手机，但又不像是约会之后该有的那种状态。

郭漂亮勉强笑了笑，深沉地回答："没什么。"

微信里，冯亚星照常和她闲聊，发些自己觉得有趣的东西给她看。他还没

那朵青春要开花

发现自己的支付宝里多了一笔钱——修相机的钱，他也不知道郭漂亮看了胖子发的消息然后悉数删除了。

几个小时前，郭漂亮做了一个决定，她赌冯亚星和自己在一起的时候不会玩手机，她把冯亚星骗走，说老板找他有事，然后飞快地把维修相机的钱尽数汇给他，再把转账提醒的消息连同胖子发的消息一并删除。她为自己赌来了一段美好的午后时光，他们如同计划里的那样去了江边散步，然后去男生寝室拿相机，最后郭漂亮被冯亚星送到教学楼下。

如同所有恋爱开始时那样，只不过这个是结束。

郭漂亮赌不起了，她不知道冯亚星还会不会相信她，又或者是保留疑问，在日后翻旧账时痛痛快快揭开她的伤疤。

一万人传播流言蜚语的时候，一个人的信任显得尤为珍贵。她浪费不起这份信任，也不想再体会信任破灭之后的那种背叛感。

她想，就这样吧，把一切留在最美的时候。因此她赌来了一个午后，在冯亚星还想跟着她一起上课的时候，郭漂亮狠心拒绝并率先离开。

但冯亚星不知道，他转身以后，郭漂亮回头了。她拍了一张冯亚星的背影，给这段无疾而终的初恋留下了一个曾萌芽的证明。

是时候结束一切了。郭漂亮拉黑了冯亚星的一切联系方式，把聊天记录也尽数删掉。

"好，还有五分钟下课，你们班干部说要留几分钟开会，现在说吧。"老教授难得大度了一回。

班长立马冲上讲台，把控住现场："就一个问题，说完就散！"

"还是寝室整顿的问题！"班长在上面发威，"上次开会的时候已经很明确地和你们说清楚了，发了邮件，讲了规则，但还是有大多数同学没听进去！

第三章

跟你们说了寝室要整顿，要大扫除，不要把私人物品放在地上，要整洁……有几个寝室做到了？尤其是你们顶楼！"

罗米等人立马往后看去，带得其他人一排一排地也都跟着看向顶楼寝室的三个人，似乎她们是害群之马，罪大恶极。

"你们顶楼那个样子，宿管部天天跟我告状，把我的脸都丢尽了。我丢脸不要紧，我们江教授的脸色可就难看了……你看我现在在讲，你们顶楼的头都不抬，理都不理我！"为了抓个典型杀鸡吓猴，班长揪出顶楼作为唾骂的首要对象。

女生脸皮薄，一般都是讲男生，男生不会计较这些，但顶楼寝室卫生状况比男生寝室还不如，不说她们也说不过去。再加上以罗米为代表，至少有三个女生寝室与顶楼不和，不说她们说谁呢？

于是所有人都朝顶楼的人投去了谴责的目光，他们需要一个拖后腿的来证明责任不在自己。

甄钟尔焦虑地抓着豆苗，往郭漂亮身边缩了缩。

郭漂亮迷糊地抬起头。她沉浸在自己的情绪里，感知有些缓慢，等她看到那些散发着冷光的眼睛时，紧张地往莫明霞身边靠。

莫明霞猛地站了起来，带着杀气的目光扫视所有人一遍。

班长有些紧张，她害怕不可操控人物莫明霞会做出什么出乎意料的事来，于是试图把控局面。

"都看后面干什么？我难道站在后面吗？"班长偷偷地看了莫明霞一眼，把所有同学的视线拉到自己身上来，"别以为我说顶楼就没有你们什么事啊，四楼、五楼一样有人找我投诉……"

郭漂亮拽了莫明霞一把，莫明霞这才顺势坐下来。

那朵青春要开花

"你刚刚站起来干吗？"郭漂亮小声地问。

莫明霞也不清楚，只是觉得不能任由班长说下去。站起来之后，她也慌得很，但自小参加过很多比赛的她知道怎样让别人看不出她在紧张。她板着脸，说："我们得想点别的办法了。"

第四章

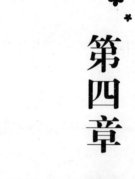

二

一

那朵青春要开花

"不要！"

"不要！不要！不要！"

莫明霞受不了这么聒噪的声音，赶忙叫停。

甄钟尔乖乖捂住嘴巴，等莫明霞的视线一移开，她又生无可恋地喊道："不要！不要！不要！"

"大侠，算了吧，大侠。"郭漂亮已经躺在床上醉生梦死好几天了，每天起床去上课，下课又回床上躺着，能让人带饭绝不自己去吃。她说，只有躺着才能有效治疗失恋的伤痛。

"你也别老躺着了，下来搞大扫除，弄完咱们想点别的办法看怎么借壁柜……"

"大侠！"郭漂亮撑着身子，严肃地说，"算了吧，你看钟尔都有阴影了，我也伤得不轻，我们俩真的不能再经历风浪了。"

莫明霞不吃她那一套："你受的不是情伤吗？"

郭漂亮笑了笑，没有解释月月故意让她开坏掉的柜门、拿走她的口红，高中同学蓄意抹黑，胖子竭尽全力避免死党掉进泥潭这些事。

不是每一个伤口都能摊开来，像医学教案一样指着告诉别人说我这里很疼。

没人说话，寝室一下子安静下来。突如其来的安静带着一丝尴尬，这时室外的声音像是被放大了，嬉笑声反衬着她们的寂寞。

"那些东西总要想个办法处理啊。"莫明霞严厉不起来了,她抓着拖把杆站在原地,影子和人一样显得有些无助。

一个强硬的人忽然无助了,这是谁都不忍心看到的。郭漂亮从床上爬下来,嘴上埋怨地说道:"好啦,好啦,先大扫除,别的再说吧。"

"那你们能告诉我你们到底在害怕什么吗?"莫明霞凑近,把郭漂亮推得靠在床架边上,"我以为我们进行得很好,但其实你们发生了很多事,只是不想让我知道。"

郭漂亮偏头不与她对视,却听见她在自己耳边说:"觉得很难的话,你可以告诉我,我不敢保证我能把所有问题都解决,但至少你能多一个人分担。"

多一个人分担?

郭漂亮咬着嘴唇,眼眶湿润了。

这漫长的大学适应期,这糟糕的日子,终于有一个人说,累了你就缓缓,受不了就让我分担。

"我以为我们一起经历这些事情之后,就不再只是同住一室的陌生人。"莫明霞忽然大声说,她知道甄钟尔也在听,"这四年我们有个糟糕的开头,以后也不知道是更糟糕还是变好,甚至外面有很多不相信我们、排挤我们的人,但至少在这个寝室里,我们是室友、是朋友,我们有彼此。"

"呜呜。"郭漂亮蹦起来,盘腿勾在莫明霞腰上,双手搂着她的脖子,"大侠,你简直太暖心了!"她把头埋在莫明霞的衣服里,悄悄地擦去眼泪。

"我也要抱抱!"甄钟尔飞快地溜下床,一跃跳上莫明霞的背,"大侠,我也喜欢你!"

上一秒还显得沉重的气氛陡然轻松起来。

"喂喂,够了,下来啊,我没力气了!"莫明霞前面挂着一个,后面背着一个,她在抱怨也在开心。

那朵青春要开花

"大侠，大侠！"甄钟尔像发现了什么秘密，"漂亮哭了！"

"闭嘴，甄钟尔，我才没有哭！"

两人挂在莫明霞身上闹了起来，莫明霞虎着脸说还闹就把她们扔下去。

三个女孩子疯闹在一起，亲密无间从这一刻开始，然后往后延伸……

疯够了，郭漂亮和甄钟尔搬着小木凳排排坐，听莫明霞的计划。

莫明霞找出甄钟尔买来玩的画板，认认真真地在上面写计划。根据了解，莫明霞觉得之前的失败是有原因的。大家对她们的印象固化了，很难在一时之间改变，再加上有居心叵测之人搞破坏，她们之前的行动就显得太被动了。

"要打破僵局就得创立新的局面……"莫明霞侃侃而谈。

郭漂亮在下面开小差，压低声音问钟尔："你觉得大侠适不适合去做销售？"

"销售什么？"甄钟尔小声问。

"你们俩！听了没有？"莫明霞眯着眼睛问。

郭漂亮连忙坐正："听了，听了，创立新局面！"

"怎么创立呢？"

"啊……不知道。"

莫明霞凶狠地瞪了她一眼，继续说："如果对方不知道你是郭漂亮、我是莫明霞，我们做好情报，找好目标，用相同的爱好来刷好感度……等到对方明白我们是谁时，我们已经与她们成了朋友，到那个时候，她们还会相信别人说的话吗？"

"好，说得好！大侠这个主意好！钟尔，快鼓掌！"郭漂亮撺掇甄钟尔跟着一起瞎鼓掌。

莫明霞被弄得相当无奈，她挥着"教鞭"问："你们真听懂了？"

"听懂啦！"郭漂亮吊儿郎当地回答，"不就是披马甲和人聊天吗？在哪儿披马甲？论坛、微博，还是校内网？总不能是在QQ群玩匿名聊天吧？"

"假面派对！"

"假面派对？"甄钟尔和郭漂亮面面相觑，这不是初中生的节目吗？哪有到了大学还开假面派对的？

两个小伙伴质疑莫明霞，莫明霞却觉得自己的这个主意很不错。

这才第一个学期，光靠声音、身形，大家不可能分辨出彼此，来点游戏和音乐消除隔阂，很容易就能打成一片！

甄钟尔和郭漂亮将信将疑，但她们并不想打击大侠的积极性，两人犹豫了一下，最终还是同意了她的主意。

莫明霞对这件事兴致高昂，在她忙碌的时候，郭漂亮托着下巴努嘴说道："钟尔，你怎么看？"

钟尔深沉地叹了一口气："世界上有三样东西不可隐藏，爱、咳嗽、贫穷。"

"我想也许现在有第四样了。"

没有的东西如何假装有？哪怕是顶尖的骗子，也骗不过自己吧？

无论如何计划都在进行。莫明霞雷厉风行地筹划好了一切，催着甄钟尔画画，催着郭漂亮找茶点、买装饰品。

兼职设计师甄钟尔几乎是连夜赶制完邀请卡，第二天一早就被莫明霞催着去找复印店打印。

"小姑娘，你这卡片做得可真漂亮，我能不能留下来？嘿嘿，我想给人家做个结婚请柬。"

邀请卡设计得很漂亮，类似一个栅栏，从两边展开便是一幅童话风格的

画，画的内容是一个热闹的欧洲中世纪派对现场，右侧则写上了假面派对的时间、地点、注意事项。

"小姑娘？"老板大概是不懂著作权这样的东西，他只觉得好看就想拿来用，相比不问自取，这已经好很多了。

奈何甄钟尔油盐不进，她今天没抱豆苗出来，颇不自在地说："不行。"

"嘿，你这小姑娘，你这邀请卡打印完就没有用了，借我用用有什么大不了的！"老板板着一张脸，把甄钟尔吓得够呛。

"不行！"但她还是坚持说不行。

老板见说不通也就不说了。

甄钟尔抱着刚打印好的一部分邀请卡，缓了一口气。她把邀请卡放在旁边的桌子上。此时桌子前的一个男生忽然后退了一步，"砰"的一声，刚放好的邀请卡撒了一地。

"啊！"甄钟尔惊慌地叫了起来，赶忙蹲下去捡，脏了可就不好看了。

男生反应过来，也立马帮着捡。他捡到一半，还抽出一张看。

甄钟尔小心翼翼地盯着他，生怕他拿着不还。

"假面派对？"男生抬头看着甄钟尔，问，"能给我一张邀请卡吗？"

甄钟尔瞪圆了眼睛看着他，反应了几秒，抠门地从旁边的废纸篓里捡了一张打印失败的给他。

男生看着她，哭笑不得："我不是要你的卡片，我是问你能不能邀请我？"

甄钟尔更不敢说话了。

男生等了好一会儿，实在拿她没办法了，只好放过她："我不要了，你赶紧捡起来吧。"

甄钟尔像只小仓鼠似的，得到男生的允诺后才继续捡邀请卡。

第四章

男生拿着图案模糊的邀请卡满心无奈，再一看地址是老四栋，也就知道为什么甄钟尔不肯给自己邀请卡了。

"卡片很漂亮。"

蹲在地上捡邀请卡的甄钟尔打了一个哆嗦，男生看着乐得不行。他长了一张冷得要命的脸，但不妨碍他有很多的内心戏。虽然他是隔壁班的，但每次上大课，甄钟尔都坐在他后排。他知道甄钟尔是那个传说中的自闭怪胎，但他想，她至少会觉得自己眼熟吧？他原本以为甄钟尔至少会和他打个招呼，没想到，甄钟尔完全不记得他！

所有的邀请卡都打印好了，甄钟尔犹豫地请老板把她留在电脑里的存图删掉。老板让她等了又等，其实是想等她走了自己拿着原图用。

男生看不下去了，谁说她自闭又神神道道，明明胆子小得要命！男生看得着急，编瞎话把老板骗开。他拿着鼠标把原稿删掉，删完又清空垃圾站，一切搞定了还示意甄钟尔自己看一看。

甄钟尔用清冷的目光直愣愣地看着他。其实她对这种敢想敢干、雷厉风行的人非常崇拜，只是不知道怎么表达。

犹豫再三，甄钟尔终于舍得拿一张完好的邀请卡送给男生，可送完又后悔了，要是大侠发现少了一张生气怎么办？

男生却推了回去，说："写上名字——程逸风。"

这个无理的要求当然再次吓坏了甄钟尔，他离得那么近干什么？甄钟尔惊恐地拿起一支笔丢在程逸风身上就跑，完全不管程逸风在后面铁青着脸喊"喂喂喂"。

回到寝室，郭漂亮点数，甄钟尔眼皮一跳一跳地跟着她数，生怕郭漂亮发现数目不对。但还好郭漂亮数学及格的次数不多，没发现不对劲。

那朵青春要开花

　　邀请卡印制到位，但郭漂亮和莫明霞之间却有了一点不同的意见。郭漂亮觉得发太早影响场地布置，莫明霞却觉得不早点发放，到时候说不定人家都有约了。

　　最终郭漂亮被说服，拉着甄钟尔出门发邀请卡。两人趁着午休时间把卡片塞进每一个寝室的门缝里——当然是有选择性的，比如罗米和月月这样的人，她们真不愿邀请！

　　但没想到下午就引起了轩然大波："我们楼里要搞派对了，你们看！"

　　"假面派对啊！不知道是谁想的主意，我们班早该搞大活动了！"有人把卡片带去了教室，询问班长和团支书都没有得到一个确切的答案。

　　"不是班里组织的？怎么可能？这上面写着炸鸡、啤酒、饮料，灯光、音乐、舞池，不是班长组织，谁能有这么大手笔？"

　　"嘿，管他谁组织的，有吃有喝又有玩，而且派对的规则还很新颖，玩得尽兴就够了。反正我一没财二没貌，我也不怕上当受骗。"

　　"你到时候戴什么面具啊？"女孩们迫不及待地聊了起来，各有主意又都不告诉彼此，刺激得隔壁四班的同学也眼红了，纷纷让自己班班委去请求一起玩。

　　班上议论纷纷，但不管是何种议论，都是善意的、满怀期待的。

　　坐在最后一排的莫明霞和郭漂亮两人相视一笑，给彼此一个鼓励的眼神。她们成功了一半！

　　但她们的小伙伴就没有这么高兴了，因为甄钟尔后知后觉地发现那个要她写名字的家伙就坐在她旁边！

　　"这卡片看着眼熟啊。"卡片被互相传阅，一个男生拿到手里，若有所思地说，"程逸风，这卡片你是不是有一张？我怎么感觉你今天中午拿着的那张和这张挺像？"

第四章

甄钟尔的心里瞬间打起了鼓，心疯狂跳动。假面派对绝不能让人发现是谁发起的！万一，万一旁边这人把一切说出去，那就完了！

甄钟尔竖起耳朵仔细听旁边的动静。

她偷听的小举动被程逸风发现了，程逸风轻轻地笑了一下，吓得甄钟尔一哆嗦。程逸风心里更高兴了，于是大发慈悲地板着脸回答："你眼花啦，这不是女生寝室的派对吗，我怎么可能会有邀请卡？"

听完逸风的回答，甄钟尔才彻底放下心。但没一会儿，一张字条被递了过来，上面写着："写上我的名字，我是程逸风。"

"漂亮！"甄钟尔轻轻扯郭漂亮的衣袖，她想和郭漂亮换个座位。

"去厕所？"郭漂亮误会了，"好呀，走吧！"

甄钟尔硬着头皮无视程逸风的注视，跟着郭漂亮小步离开了教室。

那个人真是莫名其妙！离开前，甄钟尔这样想。

不管怎样，一切都快开始了！

顶楼的水泥台上装饰了鲜花、彩带和气球，甄钟尔用彩喷在墙体上画上可爱的小插画。原本弃置在顶楼一角的桌椅板凳被靠墙摆放，铺了桌布，摆上餐盘和罐装饮料。整个顶楼焕然一新，一个简易却新鲜的露天派对现场就这样诞生了！

最后一天，三人为偷运外卖犯难了。因为楼管阿姨为了方便打扫卫生，严禁学生将外卖带进寝室。这时莫明霞成了那个给惊喜的人，她丢出一捆安全绳，长度足够从六楼放到地面，绑上一个桶子就成了外卖的专属"电梯"。

郭漂亮搬着板凳坐在天台一米多高的护墙边，拿着手机等外卖，电话一响，她便把桶子放下去，让外卖人员把东西放在桶子里，自己再拉上来。

"大侠，你为什么会带安全绳来上学？"

莫明霞有些别扭地说："我爷爷住惯了两三层的自建房，他总觉得高层容易起火，他听说八楼以下用安全绳可以把自己吊下去，所以……"

郭漂亮哽住了，半晌才说："你爷爷真是……深谋远虑。"说话间电话又响了，郭漂亮引导送外卖的人跑到隐蔽的一侧，打好招呼之后才把桶子放下去。

"我想起一件事！"莫明霞突然说道，"你一个人没问题吧？"她也不说是什么事，见郭漂亮点头便匆匆离开了。

郭漂亮也无所谓，她力气很大基本都能拉上来……咦，怎么拉不动了？郭漂亮拽了两把，还真拽不动了。难道是没放好，卡住了？郭漂亮站起，把身子探出护墙边缘往楼下看。

一个男生在下面拽住了桶子。

怪不得拉不动。

看到有人，郭漂亮赶忙弯下腰，偷偷看是不是宿管部或者学生会的。

"郭漂亮！"

为什么还认识自己？

郭漂亮有点害怕。完了，大侠刚走，自己就闯祸了。

"郭漂亮，别躲了，我看见你了。"

声音有点耳熟。郭漂亮伸头看，一看更想躲了，是冯亚星！

"我给你两个选择，一把头伸出来和我说话，二把我从黑名单里拉出来。"冯亚星拽着桶子又往下拉了一把，吓得郭漂亮发出一声惊呼。冯亚星可不心疼她。她一声不吭地玩消失，怎么找也不肯出来，要不是胖子来问他有没有迷途知返，他还不知道她做了那些好事！

"看来你是打算都不选。我看看这里面是什么？炸鸡啊，还有大鸡排，鸡翅膀看起来不错，鸡腿我也喜欢……"

"不许吃！"郭漂亮终于忍不住了，本来一个桶子一根绳子把东西从一楼吊到六楼就很费劲，他竟然还要吃自己的外卖！郭漂亮再窝囊也不能继续当缩头乌龟了！

冯亚星仰着头看她，温柔地说："好姑娘，给我打电话好吗？"

这话听得郭漂亮心头一软，但又噘起嘴巴说："你先松手！"

冯亚星看似温和，实际上不会轻易退让，他把绳子往下拽。他知道郭漂亮是空手抓的，怕她抓不住，便直接把桶子提在手里："你先打电话，咱们电话里说。"

郭漂亮担心他真不松手，又担心打了电话挨骂，如果他只是骂一顿那还好，要是为了被拉黑的事而辱骂泄愤，那她……

郭漂亮又焦虑又担忧，犹豫再三，还是打了电话，但手一直放在挂断键上，想着万一冯亚星说出什么不好听的话，她也能及时挂断。

意外的是冯亚星什么责问的话都没说。

"你们在搞什么大活动是吗？"

郭漂亮应了一声。

冯亚星笑了，说："不能让人知道？"

"嗯。"

"那我知道了，我要把这个秘密泄露出去……"

郭漂亮急道："不可以！"

"好，你说不可以那就不说。"冯亚星居然很好说话，但前提条件是达成他想要的，"那你把我从黑名单里拉出来。"见郭漂亮犹豫，冯亚星又补充，"还有QQ和微信，不然我就去你们系的人群泄密！"

"打完电话就去弄。"郭漂亮先是老老实实答应，然后又变卦，"你松手我就弄。"

那朵青春要开花

郭漂亮其实是个得寸进尺的人，一旦她发现你会包容她，她便肆无忌惮了。她见冯亚星一点儿都不生气，就有点犯老毛病，又忽然想起那次在咖啡店里冯亚星对着随口乱说的胖子大喝，然后认认真真地说"我觉得她不是那样的人"，她心里忽然冒出甜味来了。她想是因为她太胆小，才以为谁都会动摇，但其实冯亚星一直没变。

"漂亮，你可骗我两次了，这次不撒谎？"

冯亚星还怀疑她不老实，她却坦坦荡荡地说："不撒谎。"

轰走了还想在楼下赖着的冯亚星，郭漂亮心情愉快地把装炸鸡的纸盒放在装饰好的"餐桌"上。她环视四周，恰好有风吹来，她仰着脸享受微风的吹拂。

不知哪儿传来的音乐让一切欢快了起来。

她的发展中恋人对她从未失望，她的室友变朋友，她们面对困局从不放弃，她想，也许是从这一天开始，她的大学生活揭开了新的一页。

假面派对要则

炸鸡饮料任享，音乐舞池随意。进了铁门你就是假面女皇，遵守规则才能愉快玩耍。假面派对的唯一要求是：不要摘下面具，不要让人发现你是谁。

戴上面具，展现自我，肆意畅谈，尽享疯狂。

万圣节愉快！

——不具名组织联盟

主题是万圣节，但郭漂亮想肯定没有哪个女生愿意把自己往恐怖怪异的方向打扮，一个是不漂亮，再一个是没服装。但郭漂亮三人就不愁这种问题了。

"钟尔，钟尔，我要穿你那套白色的汉服！有白丝带吗？我觉得我可以扮

演小龙女！"郭漂亮翻箱倒柜折腾甄钟尔的衣服。

"大侠，你穿这个吧！"郭漂亮拿着一套道劲的侠女服装，说，"再拿个拖把杆假装长棍！"

莫明霞由着她折腾，谁叫自己弄出个假面派对来呢？

结果甄钟尔给了一个惊喜，她把箱子拖出来，摊在地上打开，一堆洋装展现出来。

莫明霞觉得不妙，后退着想跑，却被郭漂亮一把揪住："钟尔，干得好！"

莫明霞以为自己穿了奇装异服，出场时才发觉自己打扮得太中规中矩了。

七点，灯亮了，欢快的弗朗明戈音乐在风中回响。莫明霞戴着银色面具，身着藏蓝色丝绒骑士装，下穿灰色紧身马裤，脚上蹬着一双皮靴，从铁门后走出来，整个人带着一股习武之人的英气，一出场就获得了不少注目礼。她手上缠着一截麻绳充当马鞭，手一甩，麻绳软软地落在地上，惹得大家发出善意的哄笑。她的紧张瞬间缓解了，跟着笑了笑，走入人群。

"你这身可真帅！"一个把自己打扮得像丐帮帮主的小姑娘说。

"谢谢，你也很……可爱。"莫明霞回应。

郭漂亮与甄钟尔都是一身精致的欧洲中世纪洋裙，亮相时在场所有人都对她们行注目礼，而赞叹全给了站在甄钟尔和郭漂亮身后的人。那人披着白床单，说起来不稀奇，却顶着一个巨大的真南瓜做成的面具！现场的气氛一下子高涨起来，人们纷纷议论这人是谁，又好奇她把南瓜套在头上是什么感觉。

甄钟尔与郭漂亮吃惊地对视。郭漂亮从未想过会有人如此牺牲自己的形象。没过一会儿，他们发现是自己大惊小怪了。因为紧接着出现了披着黑色斗篷、戴着纸糊面具的蝙蝠侠；白衬衫、黑西装，戴个帽子，扑了好几层粉底的摇滚歌手；头戴金黄假发、身着绿毯子华服的冰雪女王……

那朵青春要开花

入场音乐足足放了半个小时，从铁门通往天台中心甚至还有一块简陋的红地毯。在场的姑娘们不管穿的是奇装异服还是华丽战衣，都在尽情享受这场完美的派对。

"砰！"

音响突然发出一阵奇怪的音效，投影仪在墙壁上放映出几个字，同时一个机械声念出了上面的字："该来的都来了吗？"

姑娘们发出一阵嬉笑，齐声回答："来了！"

"我的女王们今晚都来了吗？"

机械声越发急促，姑娘们也回答得越发急促："来了！"

"那我们开始热身游戏。"

墙壁上的字开始变换——

别落单。十秒钟内抓住一个服装造型你很喜欢的人；别落单，单着的人无法参与游戏。

只是一瞬，墙壁上的字就变成了倒计时。姑娘们尖叫着去抓穿着自己喜欢的造型的人，嬉笑欢闹声不绝于耳。

出乎意料的是，一身劲装的莫明霞竟然被四个姑娘抢着要！郭漂亮主动出击抓住了一个骑扫把的女巫。而甄钟尔在原地转了好几圈都没人来找她，最后一个穿着森系连衣裙、戴着狐狸面具的女生向她发出邀请，甄钟尔矜持地点头。

十秒钟后，没有人落单，只有莫明霞还和四个女生纠缠不休，她们都想和帅气的莫明霞搭档。变化发生在一瞬间，有人提醒她们参赛要求是两两一组，四人果断放弃了莫明霞，两两成对。刚刚还被四个女生争抢的莫明霞，在众目睽睽之下成了被抛弃的那个，惹得在场的人一阵大笑。

读心术游戏。每题限时三分钟，甲方根据要求在心中想出一个确切的答

案，乙方问问题，用排除法猜出对方的答案。回答问题时，甲方只能说是或不是……

这个游戏是莫明霞精挑细选出来的，相比其他需要默契的游戏，这个游戏更能考察甲乙双方是不是对同一领域感兴趣。有共同兴趣的人何愁聊不来？

第一题：食物。

倒计时开始了，整个天台安静了不少，大家都投入到紧张的游戏中。

"是美食吗？"

"不是。"

"又臭又香？"

"是！"

"臭豆腐！"

"是！"

郭漂亮还能说什么呢，第一题就答得如此顺利。

两个女孩透过面具相视一笑，第一次胜利的喜悦瞬间拉近了两个陌生女孩之间的距离，沟通变得不是那么困难。

时间快到了，有人在不断地催促对方给出答案，有人在倒计时结束之后提示对方。班长——似乎为了彰显自己的身份，她在背上弄了"班长"两个闪光的大字——莫名其妙地掌控了主持大权，笑着提醒大家不要作弊。

莫明霞拿着她的马鞭和其他同学一起看剩下的人比赛。这游戏说难不难，但也的确淘汰掉了很多人。同学们边看比赛，边与身边的人轻声交谈。莫明霞也想开口说话，但她不知道该如何不突兀地加入一个话题。

比赛还在继续。

这一题是：明星。

这是郭漂亮的机会。她觉得眼前的小姑娘很投缘，所以她得靠这题了解一

那朵青春要开花

下这个姑娘是不是同道中人。

郭漂亮问："是你喜欢的人吗？"

女巫："不是。"

郭漂亮："是你讨厌的人吗？"

女巫："是。"

郭漂亮："是女的吗？"

女巫："是。"

郭漂亮深吸一口气，问："是最近才讨厌她的吗？"

女巫："是。"

郭漂亮："是最近很火的综艺节目里的吗？"

女巫："是。"

郭漂亮心中有两个人选，最近大火的真人秀上，惹人厌的女生一共有两个，但她不敢答，因为一旦说出口，错了，这盘就输了。

于是她继续提问："是单方面表示自己与多名男艺人关系不错的那个吗？"

女巫眼里闪着鼓励的光芒，快速点头说："是！"

但那两个女艺人都有这种喜好，郭漂亮不放弃，继续提问："是在微博辱骂粉丝的那个吗？"

女巫狂点头："是是是！"

"凌希希！"郭漂亮在倒数第二秒说出答案，两人激动地抱在了一起。

此时场上只剩五组选手了，大家被她们的激动感染得笑了起来。班长作为活跃气氛的人，也在一边打趣。

郭漂亮有些不好意思地看向其他人，又和女巫相视一笑。

女巫激动地说："我也看那个综艺节目，我真的好讨厌她！节目播了五

第四章

集，来一个男明星她就凑上去，来一个她就凑上去……"

郭漂亮比刚才更激动了，她的偶像在那个节目做过嘉宾，并不出意料地被那位女主持揩油，只是小明星不能发脾气，粉丝也不能找人家吵架，现在终于能吐槽了。

"你不知道我看着她被网友骂的时候有多开心！"郭漂亮说。

有了共同讨厌的人，两个人的话匣子就打开了，若不是因为游戏还在继续，两人就聊上了。

班长宣布比赛继续，还在场上的郭漂亮和甄钟尔都非常兴奋，两人不约而同地看向莫明霞。

不能参加游戏的莫明霞站在人群里，藏蓝色的骑士装像是给她打上了一抹幽光，安静的她与这欢乐的现场有些格格不入。她感受到小伙伴们的注视，连忙向她们做了一个加油的手势。

这一局郭漂亮输了，因为女巫猜出答案时倒计时已经结束了。女巫连连道歉。郭漂亮当然不会把这点小事放在心上，本来就是醉翁之意不在酒，怎么可能因为游戏输了而责怪她？

一转头，郭漂亮发现甄钟尔和森系女孩正与另一组角逐胜负。甄钟尔甚至有些骄傲地向她扬了扬下巴。她微微一笑，想去找莫明霞，女巫却兴奋地拽着她往另一个方向走。她没来得及向莫明霞做一个抱歉的口形，也没有看清莫明霞突然变得落寞的表情。

"我是……"

女巫突然向郭漂亮介绍自己，却被郭漂亮及时打断。

"不不不。"郭漂亮做了一个保持神秘的手势，"遵守游戏规则，至少在十二点前。"

女巫笑了笑，也乐意遵守这个浪漫的规则："你也看那个综艺节目吗？"

那朵青春要开花

"谁不看呀？我偶……哦，冯轶参加的那期，收视率都破三了！"郭漂亮试探着说出了偶像的名字。

"谁？冯轶？不认识。哦，你说的是不是《喜剧达人》那一期啊？"女巫边找东西吃边说。

听到女巫的回答，郭漂亮又非常谨慎地回答："嗯，一个出道不久的歌手。"

"歌手？现在歌手不都是选秀出道吗？"女巫随口说道，"该不会是有后台吧。"

郭漂亮委婉地回答："有公司资源而已，大公司，但不怎么受重视。"

"你刚刚说叫什么名字？冯轶？是不是刷榜单的那个？"

郭漂亮憋气舒缓呼吸，轻笑着说："不是，那是谣言。"

但女巫来了劲，特别细心地跟她讨论："那个榜单，他不是把好多很有名的人都踩下去了吗？"

那是粉丝力量！郭漂亮深呼吸再深呼吸，想好好解释又被打断。

"我朋友说他的榜单是花钱买的，就这么一个小明星，哪有那么多粉丝打榜啊！"

虽然冯轶粉丝不多，但一个顶十个好吗？郭漂亮脑子里有根弦绷着，她一直对自己说别冲动别冲动，别跟傻瓜争长短……于是她镇定地跟对方说："不好意思啊，他是我偶像，是我喜欢的人。"她以为这样至少会赢得对方一点基本的尊重，会让女巫不好意思再说下去。

然而女巫却一脸震惊："什么？你喜欢他？他那样的人，你喜欢他什么呀？"

郭漂亮一脸"你说什么，我没听清"的样子。她没想过自己明说之后，还会有人这样不懂交际礼仪！

第四章

但女巫已经兴奋得失去了分寸，她叫嚷着："我朋友还说他整了容呢！垫了下巴，还开了眼角！"

"闭嘴！"郭漂亮忍不住了。

"什么？他是整容了啊，他们都这么说。"

"你才整容！"郭漂亮气得手都发抖了。

女巫被骂后整个人都蒙了，随后不依不饶地叫骂道："你说谁整容呢！大家都那么说还有假？"

"许你乱说别人整容，就不许别人乱说你了？"郭漂亮铁青着脸，手指着女巫的鼻子，怒道，"你再说他整容试试！你再说一遍，我……"

"一个明星而已！我就说怎么了？冯轶整容！冯轶买榜！"

"你才整容，你还整容失败呢！"就算是对陌生人都要有基本的尊重吧，平白无故诬蔑别人，明星就不是人吗？郭漂亮咆哮起来："你给我道歉！给我偶像道歉！"

女巫被劈头盖脸骂了一顿还被要求道歉，歇斯底里地叫道："你有病吧！我说你了吗？冯轶是你什么人啊！我说的难道有假吗？"

"你说的是真的，那你拿出证据来啊！"郭漂亮嘴唇都颤抖了，热血上涌，脑子里只有"为爱而战"四个字。郭漂亮气得眼睛花了，手抖了，呼吸都不顺了。道歉，这个人必须道歉！

"谁主张谁举证，你说是真的，那你拿出证据来！无凭无据就是诽谤，你给我道歉！必须道歉！"

两个人如同赛音高，你来我往音调越来越高，盖过了音乐，也让所有人都停了下来。大家一头雾水，不知道两人是谁，也不明白发生了什么，都站在原地围观。

"好笑！他们都那么说，你让他们挨个道歉啊！"女巫扯下面具摔在地

那朵青春要开花

上，这游戏她玩不下去了，"你也得给我道歉，你刚刚骂我了！"

生气的人会幼稚到什么都较真，郭漂亮咬牙说："行啊，你道歉我就道歉！还有，你告诉我他们是谁，我挨个追究！你说啊，他们是谁？说不出来吧？自己造谣还想……"

"都别说了。"莫明霞见势不妙立马出来拉开两个争执不休的人，然而她低估了郭漂亮的失控程度，郭漂亮完全不听劝，不断叫嚣着要女巫道歉。

女巫甩下面具之后，她的室友也摘下面具站到了她身侧，一边安抚她，一边想劝她离开现场。

不知道是谁把音乐关了，现场除了女巫的室友说着三两句"算了，算了"，没人出面解决这场闹剧。

莫明霞搂着郭漂亮的腰想把她拉走。

甄钟尔个子矮，她站在人群外只能看到莫明霞的头。刚刚跟她愉快玩耍的森系连衣裙女孩问她里面发生了什么，她却不知道该怎么回答。她一心只想站到自己的伙伴身边去。她小声朝森系连衣裙女孩道歉，也不管对方听没听到，就拨开人群挤到了莫明霞身边。

她知道自己帮不上什么，但她也要站在朋友的身边。

·双方在朋友的安抚下稍稍冷静了一点，一声嗤笑却再度点燃现场的火药味："谁在这儿发疯啊？怎么现在跟郭漂亮一样的脑残粉到处都有？好好的一场派对都被毁了！"

莫明霞看不到郭漂亮的表情，却明显感到郭漂亮的身体绷得更紧了，她想安抚郭漂亮，但郭漂亮已经怒气上涌，谁也拦不住了。

"罗米，你闭嘴，有你什么事！"罗米的声音，郭漂亮再熟悉不过，不用看，她都能凭声音认出对方。

罗米被点名，旁边的人甚至主动把她让了出来。

罗米一手叉腰，一手指指点点："郭漂亮，还真是你啊！我就说嘛，一般人才不会这样发疯，狂躁症又犯了吧？"

"郭漂亮？"

"顶楼的人？"

"狂躁症……"

听不清具体内容，只有关键词在顶楼细细碎碎地传播。顶楼和刚才一样热闹，窃窃私语的交流和之前如出一辙，但现在这些让三人莫名惊恐。

郭漂亮的洋裙瞬间被冷汗浸湿，身体一阵发抖，说不清是冷还是害怕，她在脑袋充血的状态下知道事情不妙，却没办法控制自己的情绪。

"真是没家教，开两句玩笑就喊打喊杀，那是你偶像还是你爹妈？我真替你爹妈难过！"

"你闭嘴！"郭漂亮眼睛血红，关罗米什么事，她都没找罗米算账，罗米竟然自己跳出来加戏？她还想出来主持正义？什么正义、公道、真相，两个女孩子吵嘴能有什么大是大非，罗米不过是想携私报复！

罗米把面具一摘，冲着郭漂亮自以为很美地翻白眼："看看，看看，这就是脑残追星粉，动不动就叫别人闭嘴。啧啧，为了一个整容明星把自己弄成这样……"

郭漂亮耳朵里嗡嗡作响，脑子一热，话就说出口了："你给我出去！我根本没请你来！不请自来，到底是谁不要脸！"

"你们办的派对？"

罗米的话一出口，又引起了一阵骚动。

相依为命的三个人面对议论有些色厉内荏，她们现在草木皆兵，半点动静都能把她们吓得够呛。

发邀请卡时，三个人害怕陷入被动，并没有邀请前室友，却没想到事情闹

得这么大，不该知道的人都知道了。只是识趣的没来，不识趣的戴上面具大摇大摆地来了！

罗米知道真相后既羞愤又恼怒："我说呢，不请我是怕我揭穿你们的阴谋吧！"

"什么阴谋？"有人出声问道。

"呵呵，不就是想让我们住楼下的帮她们藏违禁品吗？风险转移！如果不是有求于我们，她们怎么会突然花钱骗我们上天台？"

罗米并没有得到声援，但郭漂亮也无人支持，罗米把话说满、把事做绝，恨不得所有人都和她站在一边，于是挑唆大家离开："走吧，还不走，等着被她们坑吗？"

郭漂亮听到这句话，心忽然凉了一下才剧烈跳动起来。她，她只是针对罗米，她，她只是觉得女巫胡编乱造不应该……她不是真的想与全世界为敌啊！

罗米狠话一放出，女巫的室友们便簇拥着女巫先行离开了。顶楼热闹不再，站在外围的人也悄悄地走了。其他人见状也跟着离开，也许离开前看了郭漂亮她们几眼，也许没有。

人群渐渐散去，班长自言自语了几句，没得到应和也就住了嘴，走之前还叹了口气。她想对莫明霞说点什么，但最终还是摇摇头离开了。

热热闹闹的顶楼再次恢复了沉寂，派对狂欢后残留的景象让这里显得尴尬又苍白。中间站着的三个人如同三座雕像。不知谁发出一声冷笑，把一切打回原形。

第五章

二

一

一

"吃饭吧。"

蒸腾的热气在白炽灯的照射下回旋上升，小锅子发出"咕嘟咕嘟"的声音。香辣的火锅汤里，炸鸡块和鸡翅膀正在翻滚，运气好也许能看到一块面饼，若它上面还粘着一块牛肉，你大概能猜出它是黑椒牛肉比萨。镜头推进再配上旁白就是《舌尖上的中国》，但镜头一扫全景，你就会发现这是"舌尖上的寝室"。

"又吃乱炖。"甄钟尔抱着豆苗兴冲冲地赶过来，看到锅子里的东西，顿时沮丧了。

学生时代哪个寝室都会偷偷煮火锅，莫明霞的好手艺让仅有的食材发挥出绝美风味，但她们已经连续几顿吃火锅煮炸鸡、火锅煮比萨了，再好的美味也抵不过顿顿吃。

郭漂亮帮忙摆碗筷，她其实也吃腻了。

主厨莫明霞拿筷子在甄钟尔头上敲了一下："有得吃就别念叨了。"

一个眼看就要成功的计划却毁于一旦，谁也没资格对现在的境遇抱怨。郭漂亮很清楚这一点。可清楚的同时，她又觉得憋屈。她对被自己毁掉的一切感到抱歉，但并不后悔，如果再有那样的情况，她觉得自己还会那样做。

"别吃了。"莫明霞和甄钟尔都是硬着头皮在吃，郭漂亮看着实在别扭，"开派对那笔钱我负责，咱们别吃剩菜了，出去吃吧！"

是她做错了，可她觉得没有必要为了一个错误惩罚所有人。

"要去你们去吧。"莫明霞埋头吃鸡翅膀，嘴里啃着东西，说话含糊不清。

"别。"郭漂亮心里堵得慌，有什么不满就说，何必这样折腾自己，折腾大家？

"你不去，我们去干什么？"

"我不想去。"莫明霞说得诚恳，"这些东西不吃就浪费了。"

郭漂亮把长发往脑后一捋，口气强硬："我都说那些钱我出，你何必自己找罪受？"

莫明霞把碗一放，搪瓷碗重重地磕在简易小书桌上："这是钱的事吗？"

郭漂亮哼了两声，说道："这当然不是钱的事，这是我的事，怪我对吗？"

"你别找我吵，我现在不想吵架。"莫明霞把碗端起来，不再搭理郭漂亮。

这在莫明霞看来是休战，但在郭漂亮眼里是挑衅。

"你什么意思呀？"郭漂亮皱着眉头拍着桌板，把甄钟尔吓得一愣一愣的，"难道我那天就该吃那个亏？我就应该打落牙齿往肚子里咽？凭什么她嘴一张就造谣，我还得赔笑，我要是不跟着笑嘻嘻，就是没肚量？"

莫明霞平平淡淡地分析："当时情况特殊，你完全可以忍一忍，只要忍一会儿，达成我们的目标，她爱说什么……"

"这不可能！"郭漂亮毅然决然地说，"有些话没听见，我大可以算了，她在我面前说我偶像的坏话，这我绝对不能忍！冯轶是我的底线！"她嘟嘟嚷嚷地强调自己的观点，"她完全不了解冯轶，只是人云亦云地瞎说，她根本不知道真相是什么。她知道冯轶走到今天付出了多少吗……"

真相，了解，人们为什么要做这些？那些楼下的人，她们连对三个同班同

089

学都没有求真求实的欲望，又怎么会对一个明星有以事实说话的好奇心？

　　莫明霞淡淡地笑了一下，然后把郭漂亮的话还给了她："你记不记得你说过什么？你说人们不需要真相，抹黑一个人就是看心情而已，她不需要做任何功课。但你为了和她们打成一片做了多少功课？你明明知道你那天是在干什么！你明明知道我们在干什么！"越往后说，她的声音越高。

　　其实她对计划功亏一篑不是没有抱怨，她原以为自己可以平复情绪，然后开始下一轮的计划。但面对不开窍的室友，她爆发了。谁都会去了解真相的话，怎么没有人来了解顶楼的她们？

　　有理不在声高，但这句话不适用于吵架的时候。郭漂亮憋足了火气反驳道："难道我就任由她说吗？换句话说，如果她说的是你的家人，你能忍？"

　　"家人"这个词让莫明霞眉头一皱："家人怎么了？她那样说能改变什么吗？和她吵一架能改变什么吗？"莫明霞的刘海随着她激动的肢体语言来回晃动，"什么都改变不了！为什么要为一些改变不了的事争吵？为什么不能忍一忍，做成一点有意义的事？"

　　"你们别吵。"甄钟尔害怕战火升级，"吃火锅挺好。"

　　但她的存在感太弱，没有人向她投去目光。

　　郭漂亮猛地站起来，俯视着莫明霞："有意义！你被称为人形兵器就最有意义！你知道你为什么被称为人形兵器吗？你知道你为什么会被全校称为人形兵器吗？就是因为你这样的态度！"

　　"流言止于沉默，这就是句废话！"郭漂亮在仅有的空间里来回走动，她提醒自己不要失控，尽管她已经失控，"我们对外面的流言说过什么吗？我们忍了吗？我们忍到头了吧！可这有用吗？我们不也一样被人说成怪胎！出钱又出力地请人来玩，不也还是没人买账！"

　　寝室里回响着郭漂亮的话，年轻的声音愤怒而又无力。

第五章

　　整间屋子静悄悄的，只有小火锅还在咕嘟咕嘟响，热气往上冒，把往事送进云烟，把现在送到过去。

　　年轻的姑娘面对无力改变的现状，头一次显露出疲态。刷着绿漆的铁床、原木色的衣柜和书桌、贴满温馨装饰的墙壁，这是很多年以后会无限怀念的大学生活场景，但此时的她们是那么想逃离。

　　不记得事情是如何收尾的，也许是小火锅在沉默里煮干了，争论自然而然地也就结束了。莫明霞把搁置的小锅摁在洗脸池里洗刷，烧焦的结块粘在锅壁上难以清除。甄钟尔跟在她身后像一个小尾巴，她去哪儿甄钟尔就跟去哪儿。

　　莫明霞一如既往地沉默着，看起来比以前更冷漠了。她自顾自地做自己的事，没有询问任何人的下落。这里的"任何人"指的是郭漂亮，也不知道是不是去参加偶像的活动了，她已经两晚未归。星期天和星期一的晚上都会查寝，莫明霞和甄钟尔帮她应付了第一晚，第二晚江教授亲临寝室，抓了个正着。旷寝、寝室卫生不合格、私人物品摆放不整齐，三项罪责落下来，当事人却不以为意。

　　"我回来了！"寝室门被人一脚踢开，门板撞到墙壁上发出巨响，郭漂亮风风火火地往寝室里走，把大包小包的东西放在桌上，"我带了好吃的！来吃啊！"她没说给谁带，也没说是叫谁吃，她在心里戒备着，但又希望能借此让关系破冰。

　　甄钟尔傻傻地跑过去，看到袋子里的东西，吃惊地张大了嘴巴："好吃的！"关键时刻，她又想起了寝室矛盾，连连向莫明霞招手："大侠，快来！"然后，她又傻兮兮地拽着郭漂亮的衣服，说："漂亮，查寝，大侠她帮你打了掩护。"

　　郭漂亮听了她的话完全不别扭了，没想到钟尔看起来傻傻的，该明白的事

那朵青春要开花

心里都明白。以前郭漂亮心大，常常是自己发完脾气就忘了，碰上这样的事从来没有什么心理障碍。但这一次，她凭空多了很多烦恼，怕这怕那的。

莫明霞拿着刷子站在饮水机边，没走过来也没完全不搭理。

"寝室黏合剂"甄钟尔十分难得地说了大段大段的话，把莫明霞帮郭漂亮躲查寝的事吹嘘成宇宙大事，说完还怯怯地朝郭漂亮笑。

"大侠来吃东西啊！我另外给你们打包的。我爸来得突然，住的地方又离我们学校特别远，本来想请你们吃饭的，但他中午有事急着走了。"郭漂亮知道甄钟尔是想让她们和好才特地把大侠帮忙躲查寝的事说出来。其实郭漂亮打的是先斩后奏、事后请假的主意，但大大咧咧地说出来就太浪费莫明霞的好意了。

莫明霞还踌躇着，已经被甄钟尔拉了过来，她接过吃的，干巴巴地说："谢谢。"

郭漂亮顺着这话道歉了，话说得很诚恳，反省深刻，不该对莫明霞发脾气，不该如何如何，但绝口不提那天不该跟人吵架。她事后翻来覆去地思考，还是觉得自己没做错，至少错不全在她。该礼貌提醒社交礼仪的时候，她提醒了；该告诉对方自己在意的时候，她说了。对方完全不理会，吵架不是她能避免的。郭漂亮大大咧咧地表示她的偶像是她的天，她随时"为爱而战"。

郭漂亮的长篇大论说完，莫明霞还是没有开口。

甄钟尔急了，小脸憋得通红，半天才表达出来："漂亮，特别帅！"

两人一脸疑问，帅？

"维护自己的偶像，维护自己喜欢的东西，那个样子特别好看！"甄钟尔解释。

那好看吗？郭漂亮哭笑不得，两个疯婆子扯着嗓子吵架，那有什么帅的？

"就是帅！"甄钟尔挥舞着豆苗，再一次肯定地说道，"为爱而战！"

第五章

为爱而战，这四个简单的字落在每个人心里，都有不同的印记。甄钟尔一脸率真，眼神里写满了憧憬。她的小脑瓜在不断勾勒那天的场景，添上几笔加上战袍，风吹乱发丝但吹不乱脸上的坚毅，她觉得那样的郭漂亮帅极了。她以前总觉得郭漂亮喜欢一件东西就是嘴上说说，但其实不是，郭漂亮把珍爱的东西放在心里，念在嘴上，也付诸行动，这才叫为爱而战。

郭漂亮听明白之后，有些啼笑皆非："不就应该是这样吗？什么都不做那不叫喜欢，叫自私！"

郭漂亮的话像是一把小锤子敲击在两人的耳膜上，别人看不到，但她们心里为之一振。

说说笑笑间，三个女孩瓜分了郭漂亮带回来的美食，又说到各自的家乡和故事。

郭漂亮来自一线城市，父亲忙于工作，母亲是温和的全职太太，郭漂亮从小被父亲教育凡事不求人；莫明霞来自东南沿海的小城市，生活富裕，但爷爷不务正业，父子间有些龃龉；甄钟尔的父亲是大山里飞出来的凤凰男，哥哥对她很好，与乡下亲戚的关系很乱……甄钟尔说得又絮叨又混乱，几次不想讲了，但她的听众很有耐心，不催、不逼、不乱好奇，慢慢地，她也就说出来了，虽然不能保证听众能否听懂。

难得享受一室静谧，这个晚上没有晚自习，三人吃着、喝着、聊着，过得和每一个平凡的大学夜晚一样。有手机振动的声音响起，三人起先谁也没搭理，等到手机振动停掉再次开始时才发现了不对劲。

"谁的手机？"

"别逗了，你俩都在寝室，谁给我打电话？我爸妈也不会，他们喜欢早上打……"郭漂亮边说边查看自己的手机，黑色的屏幕果然一片寂静。

甄钟尔摊手示意："不是我的。难道是楼下？"

那朵青春要开花

隔音效果再不好也不至于这样。莫明霞默默地去拿放在床边的手机。

"谁？"

"大侠，有人给你打电话？"

莫明霞把手机翻过来，把正面展示给两人看，屏幕上显示着两个字——班长。两人瞬间没了兴趣，估计是为了吩咐什么事，再不然就是为了失败的派对。两人没什么兴致地吃着东西，再抬头就只看到莫明霞茫然的脸。

"怎么了？"

莫明霞不在状态："班长说，辅导员叫我明天去办公室。"

说是办公室，其实是江教授在校内家属区的家。毕竟是倒贴着要来当辅导员的老教授，没事先安排办公室。

莫明霞相当忐忑地只身前往，到的时候江教授刚好打完太极拿着毛巾擦汗。

"以前我每天早上跑八千米再打太极，脸不红气不喘。"江教授毛巾一甩开始沏茶，"你呢，五点半自然醒吧？还是已经退化到一觉睡到大天亮了？"

莫明霞琢磨不透老头的意思，拘谨地回答："还好。"

"听说你们那事搞砸了？"老头一本正经，只有两撇眉毛一动一动，彰显着好奇，"你没动手打人吧？打人我可救不了，那得处分。听说是你们寝室的人先动的手？哪个小姑娘？那个闷葫芦，还是那个嘴巴叽里呱啦不歇气的？"

"不是！"莫明霞特别不喜欢老头这样的语气，想也没想就为郭漂亮辩白，"没谁动手，也不是我们寝室人的错，是对方拿话刺人才那样的。"

"哦，原来是这样啊。你们这样不行啊，东西没收拾好，天台也乱七八糟。要我看，你从那里搬出来得了。"江教授言辞恳切，一副为她好的样子，"你看我在校外有个房子，打扫做饭请人弄，还有个专门的房间给你……啊，

094

对了，你室友要是想来住也不是不可以……"

　　莫明霞终于弄懂了老头的意思，他从头到尾就不在乎顶楼寝室怎么样，也不在乎顶楼天台怎么整理，他在这儿等着她呢！

　　莫明霞腾地怒了，挺直了背，足足比江教授高出一截，梗着脖子说道："你死了这条心吧，我是来上大学的！"

　　"嘿，你这熊孩子怎么不识好歹，你是来上大学的吗？花钱买进来的叫什么上大学，还不如规规矩矩跟我……"

　　老头的话还没说完，莫明霞就冲出了他家，把门一摔，响声震天。

　　莫明霞发完脾气冲下楼，手机响了，一接听，那边就是一阵咆哮："我养了你十几年，到头来有什么用？我给你把路都铺好了，你还发脾气，狗咬吕洞宾！我养了你十几年，你就是这么回报你爷爷的？你和你爸一个样……"

　　莫明霞抓着手机走到了无人的足球场。白天没什么人会在足球场逗留，不像早上有人晨练，也不像晚上有人夜跑，她可以任由这阵咆哮在空气里消散。

　　没一会儿电话突然断了，没过几秒屏幕又亮了起来。莫明霞学着郭漂亮那样，嗤笑了两秒，摇摇头接听："妈妈。"

　　"你没搭理那老头吧？"电话那头的人一开口就没有好言语，"我就知道，这个老东西，肋骨断了两根还不老实，还偷偷找地方打电话给你！莫明霞，我可告诉你，不管他吩咐你什么，我送你过去是去读书的，别给我瞎折腾，听明白了吗？"

　　莫明霞隔了一会儿才回话："明白。"

　　那边见莫明霞难得这样老实，又缓了缓语气，哄道："你看你爷爷，一辈子喊打喊杀，到老了还要拖累我和你爸爸，你也不想像他一样缺胳膊断腿吧？你开学的时候就出过一次状况，你……"

　　"嗯，不会了，已经拒绝了。"

那朵青春要开花

　　挂断电话后，莫明霞坐着发呆。她纤长的腿伸到台阶下面，手肘撑着上一级台阶。天边云卷云舒，她忽然觉得郭漂亮说的"为爱而战"特别好笑。爱一样东西也许不能为你带来什么实际好处，但如果你爱的东西让你整个人都变得可怖呢？

　　莫明霞的爷爷大半辈子都在为爱而战，前半辈子他用"爱好"养活了全家，后来的时光里他因为"爱好"赔上了大半生的积蓄。但他整个人都着了魔，怎么说怎么劝都不听。家里开始入不敷出，刚刚赚回一点钱又被拿去赔汤药费，家人对他怨声载道，隔三岔五吵架。慢慢地，邻里觉得这个家庭不好相处，甚至打莫明霞三岁起，就有邻居叫自己家的小孩不要和莫明霞玩。债台高筑，儿子便外出工作，结果耍把式的爷爷培养出一个耍把式的孙女。在儿子的眼里，这是另一个噩梦的开始。

　　也许喜欢但什么也不做才是对的。莫明霞看着远方的云，再一次坚定自己的"信念"。

　　十一月底，郭漂亮身着白色高领羊毛衫、卡其色灯芯绒包臀裙，腿上蹬着麂皮长靴，美丽"冻"人地在寒风里行走。她推开咖啡店的门，门上悬挂的风铃晃动，随之而来的是店员的一声"欢迎光临"。

　　"漂亮，这边！"冯亚星冲她招手。

　　她坦荡地在众人的注视中踱过去。

　　冯亚星招呼她在沙发上坐好，自然而然地拿起外套盖在她腿上："冷不冷？"

　　郭漂亮想把外套拿掉，她觉得那样破坏了她的造型。

　　"这儿不是有空调吗？"郭漂亮的口气特别冲，一点点小事也要对冯亚星发脾气。今天是她把冯亚星从黑名单里拉出来之后，两人第一次见面，她害怕

第五章

冯亚星旧事重提，又担心冯亚星不肯要修镜头的钱，所以她打算一开始就从气势上压住冯亚星，让冯亚星打消退钱的念头。

"喝点什么？"冯亚星一点也不计较郭漂亮的坏脾气，反而露出八颗牙齿朝她笑嘻嘻的，看得郭漂亮心里扑通扑通跳。

两人打了好一阵太极，郭漂亮终于受不了了，先把事情挑明："我找人查了，相机现在的镜头根本不是原来那个，所以我把钱汇给你了。"

冯亚星含含糊糊怎么也不肯给一个明确的回答，一会儿给她的咖啡加奶，一会儿抓着她毛衣的袖子扯来扯去。

郭漂亮心里又甜又恼，总觉得他又干坏事了，拿出手机打开支付宝一看，果不其然，他又把钱转了回来！

郭漂亮气得直拿拳头往他身上招呼，冯亚星哎呀哎呀叫，假装被打得很痛，耍花腔逗郭漂亮玩。直到郭漂亮真的恼了，坐直身子再也不肯搭理他，他才明白对方真生气了。冯亚星把一条腿盘在沙发上，凑到郭漂亮面前："哎呀，真生气了？"

郭漂亮板着脸，不理他。那个镜头和别的镜头比起来是不贵，可和一个普通大学生的生活费相比，也不是一笔小钱，所以她怎么也没想过要冯亚星出这笔钱。她不明白为什么总有人喜欢说她收人家的贵重礼物，明明她是一个这么正直的人！

冯亚星一手捏着她的手腕，拿着她的手往自己的另一只手心里打："镜头是不是我撞坏了？是！撞坏了是不是就得赔？是！那我出钱是不是很应该？是！"冯亚星一人演独角戏，自己提问自己回答，语速快得让郭漂亮无法插嘴。

郭漂亮看着他自问自答，哭笑不得："你脑子是不是进水了？"

还没等冯亚星回答，郭漂亮就学着他的样子说道："是！"

那朵青春要开花

冯亚星眯起眼睛笑了，纤长的睫毛一颤一颤的："你怎么欺负我呢？"冯亚星说得可怜巴巴的，抓起郭漂亮的手又重重地往自己手心里打了一下，"我怎么着也不能让女朋友出钱吧？"

郭漂亮羞得耳朵都红了，脸蛋红得甚至盖过了腮红。她嗫嚅着说："谁是你女朋友呀！"

"还不是我女朋友啊？"冯亚星郁闷地自言自语，"怎么就不是我女朋友呢？"

"你，你都没说你喜欢我！"郭漂亮言之凿凿。

冯亚星看着她的眼睛，一颗心都要化成水了。我怎么没说喜欢你，我就差在全校广播说我喜欢你了！他在心里说。

郭漂亮见他半天没有反应，生气了，把手抽回来，拿起手机就按数字，按完再输入密码，把钱转过去。

冯亚星听到支付宝的提示声，这才悠悠回神。完了，走神错过最佳告白时间了！

冯亚星心虚地笑了笑，又轻轻把郭漂亮的手握在自己手里，酝酿了一会儿才说："我朋友吧，他们都知道我喜欢漂亮姑娘，我打小就喜欢漂亮姑娘……"

真不会说话！郭漂亮暗暗吐槽，要是看到一个比我漂亮的，那不就会喜欢别人了？

"可是，那天从机场离开之后，我就觉得我只会喜欢一个叫'漂亮'的漂亮姑娘。"冯亚星顿了顿，把郭漂亮扳过来，问，"所以我可以荣升为这位漂亮姑娘的男朋友了吗？"

"勉强合格吧！"郭漂亮一副"算你过关"的表情，"钱我给你转过去了，你要是想下岗，就把钱转回来，反正我男朋友这个职位很多人想要！"

第五章

“那不行。”冯亚星飞快地摇头，“我要竖一块牌子，说这个岗位有人终身任职了！”

两人说话的时候，甄钟尔发了一条微信向郭漂亮要自己和大侠的照片。郭漂亮的新镜头第一个拍的不是她的偶像，而是室友的寸照。

冯亚星也不避嫌，头挨着郭漂亮的头看她选照片，等她把事情处理完，忽然说：“你这室友我怎么看着眼熟？”

“上次在大礼堂的时候不是见过一次吗？”

“不是，我总觉得不是。”冯亚星边说边掏出了手机，点开微信公众号，打开一篇文章给她看，“你看，这小孩像不像？”

那是一张早期武术比赛的获奖照片，照片上的小孩看不出性别，穿着红色的练功服，看起来精气神特别足。

“你还别说，真和大侠有点像！”郭漂亮把那张照片发到自己的手机上，想拿这个找莫明霞的乐子，“不过我估计应该不是，大侠哪像是会参加比赛的人？”

“也是，能参加这个比赛的人那可是资历比我还老的人，这都搞不清是多少年前的儿童组比赛了。”

听到冯亚星说起他的比赛，郭漂亮立马好奇地问：“你也是比这个的？武术？”

“我不是，我是这个。”冯亚星做出一个射箭的动作，然后还配上一个“咻”的声音，“上次去北京也是去参加比赛。”

“好厉害！”就在冯亚星接受崇拜目光的时候，郭漂亮补充道，“那你见过张继科吗？”

冯亚星语塞。

郭漂亮知道自己犯错了，立马谄媚地补救：“我见过冯亚星，冯亚星超级

厉害！"郭漂亮在冯亚星鄙夷的目光下笑得前俯后仰，不自觉地靠在了冯亚星怀里，惹得冯亚星呼吸都乱了。然而只过了两秒，她就像触电一样弹起来："啊，我忘记正事了！"

冯亚星感叹自己找了一个思维格外跳跃的女朋友。

"你们寝室有空的柜子吗？就那种悬挂在墙上的，有空的吗？我们寝室的东西没地方放。"郭漂亮冲着冯亚星撒娇，"你的女朋友如果不能把私人物品收拾好的话，就要被赶出寝室了。"郭漂亮捂着脸佯装哭泣。

冯亚星只觉得自己的心脏被"咻咻咻"射中了好几箭。他说："我，我想办法，想办法。"缓过神后，他想起男生八个人一间寝室的状况，又如实相告。

"那也没关系，实在不行，实在不行……"郭漂亮也说不出实在不行还有什么别的办法。

冯亚星不想见她犯难，但一时间也没有别的主意，便把本打算过一阵才给她的礼物拿了出来。

"是什么？"郭漂亮看着冯亚星推过来的一个像是装明信片的小盒子，带着好奇打开，见里面横躺着三支唇膏，包装和她"意外"掉了的那支一模一样。

"啊啊啊！"郭漂亮拿着盒子高兴得语无伦次，"冯亚星，你怎么这么好！你是不是偷看我微博了，你怎么知道我……"月月拿了她唇膏这件事，她只在微博上抱怨过。

冯亚星眼里带着笑意，嘴角上扬："谁让某人微博账号也叫'漂亮姑娘'呢？"冯亚星把手搭在郭漂亮背后的沙发上形成半抱的姿势，"试试啊！"

他蛊惑她其实是有私心的，郭漂亮的嘴唇就像抹了蜜，看起来又软又弹，就是不知道甜不甜……

第五章

"好呀！"郭漂亮甜甜地应道，打开唇膏盖，转身就往冯亚星怀里凑，"想试马上就给你试试呀！"冯亚星要躲，手却被她按住了，崭新的唇膏在冯亚星嘴上试了色。

罗米和月月推门进来的时候只看到一个眼角眉梢都是笑意的男孩子一边阻拦一边放纵着郭漂亮胡闹，他脸都红了，配上嘴上俏丽的唇膏颜色，看得人呼吸一滞。

"好了，涂也涂了，安静一会儿。"冯亚星用手虚搂着郭漂亮，怕她闹得起劲摔倒。

郭漂亮不理解他的好意，只说："不许擦掉！"

"好，好，不擦。"

郭漂亮得到满意答复才举着唇膏转身准备坐好，却一眼就看到了盯着冯亚星发呆的罗米。

罗米身旁的月月看到了郭漂亮的口红，别有深意地将她扫视一遍，然后发出一声冷哼。

门没关，一阵寒风吹得郭漂亮一个激灵。她心里疑神疑鬼，一面觉得她们又要开始瞎说了，一面又觉得她们瞎说也不怕……脑子里好几个念头在打转，连冯亚星叫她，她也没听清楚他说了什么，只听见电视机里天气预报说冷空气来了，要变天了。

星期三果然降温了，连穿毛衣都扛不住。

一早起来，郭漂亮套上了莫明霞的大棉袄，惹得冯亚星和她计较，问怎么没有向他要衣服。郭漂亮很是烦恼，冯亚星非要跟着来听课，老师在讲台上讲课，冯亚星就趴在桌子上看她。实在受不了了，郭漂亮抓着笔不耐烦地给冯亚星写字条："你难道没有事干吗？"

冯亚星用手机打字："陪你啊，你听你的课。"

郭漂亮无语，她不想堂而皇之地把冯亚星带来教室，也不想给别人增加谈资，但怎么说冯亚星都不听，他就乐意所有人都知道郭漂亮是他女朋友。于是最后一排座位上的人变成了冯亚星、郭漂亮、莫明霞。至于甄钟尔，她请假回家了。

星期三的这节课是大课，任课老师是副院长，没人敢逃课，也没人敢迟到。程逸风等了很久都没看到甄钟尔在教室出现，他觉得心烦，便坐到了后门边上。说来也巧，刚过去半节课，窗边就出现了一个探头探脑的人。

甄钟尔本来可以赶上这节课，但因为堵车，她一路狂奔回来还是晚了。她本想偷偷摸摸溜进教室，却发现自己的座位被冯亚星坐了。她想喊又害怕被副院长发现，想找个位子坐下，却发现后排所有的位子都满满当当，根本没法在副院长不注意的时候溜进去。

她还犹豫着，眼前的玻璃被人敲了敲，一部手机伸到她面前，消息框里有一行字："你站在外面干什么？进来！"

见她不搭理，程逸风又打字："你室友没给你占位子？还不进来的话，查课的人就会发现你了。"

甄钟尔被吓到了，条件反射般向走廊的另一头看去，还好没有人，她顿时放松下来。

这举动看得程逸风心里痒痒的，他知道她不敢进来，于是哄骗她："你加我微信，我找人给你腾座位，怎么样？"

甄钟尔愣愣的，一会儿看看程逸风，一会儿看看程逸风的微信二维码，手里攥着手机，不知道是不是该加他微信。

程逸风见她没反应，凑到玻璃边对她小声说话："要不换个条件，你把我的名字写上。"

第五章

这句话勾起了甄钟尔的记忆，她终于想起这个人是谁了，那个奇怪的人！甄钟尔犹豫着要不要接受他的帮助，根据上一次的情况来看，这个人虽然奇怪，但还真是帮了她。

甄钟尔缓慢地拿起手机，点开微信，准备加程逸风为好友。

程逸风看着她一步一步操作，忽然，一只手越过他的手机敲了敲玻璃。他猛一回头，发现是坐在他旁边的女孩，骤然松了一口气，还好不是副院长。

女孩敲了敲玻璃，在甄钟尔正准备加程逸风为好友的时候，说："你进来吧，我去前面跟人挤一挤。"女孩说完，便趁着副院长转身的时候跑到前面一排，和两个女孩挤在一起。

甄钟尔和程逸风对视，在程逸风恼怒的眼神里默默锁屏，把手机收了起来。甄钟尔猫着腰进了教室，坐到程逸风旁边的空位上。此时副院长刚好咳嗽一声，一个闪电般的眼神射向甄钟尔所在的区域。程逸风原本想吓唬甄钟尔，结果被副院长一瞪便老老实实假装看书了。

此时的郭漂亮和莫明霞在冯亚星的提醒下终于发现了提前回来的甄钟尔，两人连忙在群里问情况。

甄钟尔飞快地回复，但她写着写着又走神了，眼睛不自觉地往前看。前面一排的三个女生挤在两个座位上，肩膀缩成一团，显得特别挤。被副院长警告过后，教室里静悄悄的，谁也不敢讲话。甄钟尔抬起手想拍让座女孩的肩膀，手快挨到女孩的肩时又快速撤离，这样反复折腾了好几次。

程逸风受不了了，抓着她的手去拍让座女孩的肩。

甄钟尔突然爆发出力气，用力地挣开了程逸风，一脸怒气地瞪着他。

程逸风撇嘴，他不明白女生怎么这么麻烦，道个谢有什么好怕的！他不管不顾地拍女孩的肩，然后指指甄钟尔："她找你。"

女孩回头，一脸不解地看着甄钟尔。

甄钟尔紧绷着一张脸，压低声音说道："谢谢。"

女孩莞尔一笑："不用谢。"

甄钟尔紧张得不知道接下来该说什么好，但好在副院长一声咳嗽把女孩吓得转过头去。

说了谢谢也算是礼尚往来，甄钟尔傻乎乎地觉得这样就算扯平了，却没想到惹来了新的麻烦。副院长问了一声，同学们都同意课间不休息，提前看视频提前下课。甄钟尔想提不同的意见，却又怕被人反对不敢张嘴，结果副院长宣布少数服从多数，就这么打破了甄钟尔的希冀。

程逸风在一旁看得心里直乐，他知道这个女孩胆子小，没了郭漂亮和莫明霞的庇护就坐立难安，现在她连下课喘息的机会都没了。

副院长开始放视频时，教室里一阵骚动，女孩转过头来找甄钟尔说话："听说你有几只娃娃？"

甄钟尔受了惊吓似的看着她，瞪大眼睛不说话。

女孩接着问："买一只要多少钱啊？"

程逸风看甄钟尔半天不出声，就在凳子底下踢了她一脚。

甄钟尔像刚醒过来似的，小声回答："不是买。"她想补充说明时，脑子里忽然闪过了一些画面。

女孩沉默片刻，忽然开口说道："领，一般叫'领'，领它们回家，对吧？"

甄钟尔脑子里的画面与此时此刻的情形音画同步，她记起室友大惊小怪的调侃："领？你们管买这种娃娃叫作领？"附赠的是一脸怪异的表情。紧接着第二位室友附和道："看这样子，怎么着也是请……"她们团结在一起，完全不理甄钟尔的辩解，嘻嘻哈哈用大惊小怪和自以为是的幽默来嘲讽甄钟尔……

脑海里的画面还在继续，甄钟尔回过神来，女孩已经开始自说自话了。

女孩好奇地问："我知道有人把它们当成自己的孩子，还给它们买衣服是吗？"得不到甄钟尔的回应，女孩也不在乎，"听说你还有很多小洋裙，是那种洛丽塔风格的吗？你是不是玩角色扮演啊？"

"不是！"甄钟尔提高音量回答，她不想跟人说起自己的娃娃，也不想跟人说起自己的奇装异服。和一个陌生人说起这些，就好像被人窥探自己的机密，那是她埋在内心深处的东西，她并不想和别人分享，她也不需要分享！

"不是！我没有！不知道！"甄钟尔连续说完这几句话，也不管女孩是不是臭着脸，便装死一般趴在了桌上假装睡觉。

一声大喝在并不安静的教室里响起："不知道什么！我一堂课说了这么久，谁还在说不知道？"副院长的威严镇住了整个教室的人，一百多人的大教室顿时鸦雀无声，"谁，谁刚刚谁在说不知道？给我站起来！"

甄钟尔正准备站起来，却被人一把按住了肩膀，重重地坐回座位上。她旁边的程逸风站了起来，木着一张脸说："老师，对不起！"

"说什么对不起！你既然说你不知道，那我就当作你这节课没来。班长，把名字记上，算旷课一节！"副院长完全不接受他的道歉，直接宣布了对他的惩罚，"程逸风，我以后每堂课都会抽查你，不知道就算作旷课，旷课三节这门课挂科。"

讲台之下一片哗然，甄钟尔反应过来之后急得跺脚，想站起来澄清，却被程逸风牢牢地按着。她还想挣扎，却看见程逸风低下头冲她做了一个"嘘"的动作："别闹。"

副院长没叫程逸风坐下，他便只好继续站着。

讲台上副院长正在立威："这是大学，大学就是自主学习的开端。我不会逼着任何人学，学习是你自己的事，挂科或者不能毕业也是你自己的事。你们要是想听我苦口婆心劝你们读书，那你们趁早回家去！班长，名字记好了没

有？程逸风旷课一节！"

　　甄钟尔抓着手机想向莫明霞和郭漂亮求助，结果手机上蹦出一条验证申请。是来自微信的好友验证："我是程逸风，备注写上我的名字。"

　　甄钟尔抬起头正巧看见程逸风冲她挑眉，少年意气风发，随意一笑都是美好风景。

第六章

二

一

一

那朵青春要开花

　　郭漂亮把甄钟尔从程逸风身边领走时，就像教导主任把做错事的学生带去教训一样。郭漂亮觉得自己是个十足的恶人——倒不是因为甄钟尔的反应，实在是程逸风的态度太奇怪了。

　　程逸风说："你别吓唬她，她没做错什么！"

　　甄钟尔条件反射般一哆嗦，惶恐地说道："对不起。"

　　"道什么歉！"他快速驳斥，说出来的话像是冰疙瘩，"是你的错吗？老老实实给我站着！"

　　郭漂亮满脑子疑问，到底是谁在吓唬她？郭漂亮忙不迭地把甄钟尔带走，怕多待一秒甄钟尔就要哭了。

　　"怎么回事？"郭漂亮和莫明霞一回到寝室就开始追问。

　　副院长分不清当时那声"不知道"是谁说的，但郭漂亮和莫明霞绝对不会听错，那明明是甄钟尔的声音。

　　"谁欺负你了？"

　　如果不是有人欺负她，她怎么会发出那样的声音？

　　"没有。"甄钟尔坐在凳子上老老实实地回答，还是一副做错事的样子。这是她第一次为自己神经质的举动懊悔，她没想过她会害了其他人。她沮丧地叹气："是我害了他。"

　　另外两人被她这语气惊得魂飞魄散，郭漂亮立即安慰道："没事，还有两次机会，他才旷一次课。"

108

莫明霞也补充："就算他旷了三次，挂科还能补考。"

然后，两人一脸真诚地说道："不挂科的大学生涯是不完整的！"

甄钟尔发出呜呜的哽咽声，趴在郭漂亮的抱枕上不肯抬头，过了一会儿才问："我的反应是不是太大了？"

何止大，简直是尖叫。虽然当时教室里放着视频，声音嘈杂，但郭漂亮和莫明霞都明显听出了她声音里的情绪波动。

甄钟尔转过来面对两人，她没法解释当时的场景，那个女生并没有做什么过分的事，是她太敏感了。她忽然觉得如果这个问题不解决，她还会造成别的麻烦。

于是，她尝试着向除了哥哥以外的人求助："你们会跟别人分享自己喜欢的东西吗？"

莫明霞听到这个问题愣住了，反倒是郭漂亮想也不想就回答道："我不是时刻在宣传冯轶吗？"

"冯轶不是你最……最重视的吗？"甄钟尔追问。

"你知道底线的意思吗？就是你做什么我都可以忍，但事关冯轶就不行。"郭漂亮说得斩钉截铁，她试图让甄钟尔明白她是怎样对待自己珍爱的事物的。

可甄钟尔仍然疑惑，最宝贵的东西难道不该藏得最深吗？人偶娃娃是她的朋友，二次元是她给自己编织的梦。有些人把梦想念在嘴上，连被人嘲弄都不在乎。但她做不到，她的朋友、她的梦是独属于她的珍宝，连被人提起都觉得会受到伤害。她什么也没有，唯有这个梦。

郭漂亮很聪明，脑子一转就想到了甄钟尔在担忧什么。她知道甄钟尔的喜好和别人不一样，估计小时候周围能够接受的人很少，受过别人的排挤，慢慢地也就把自己变成了这样。

那朵青春要开花

　　郭漂亮目光幽深地盯着甄钟尔，语出惊人："其实我真的有狂躁症。"她轻描淡写，眼神却告诉别人她说的是真的，"我相当'易燃易爆'。你们俩肯定记得我在天台上为了我偶像跟人吵架吧，这种事对我来说简直是家常便饭。"郭漂亮的语气竟然还有些骄傲，"其实我也不是那么具有攻击性，只要你不触碰我的底线，说别的都行。"

　　甄钟尔愣愣地看着郭漂亮，这是郭漂亮首次提起她的生活细节。

　　"你不是觉得我为爱而战很帅吗？"郭漂亮拿话激她，"那是因为我从来不觉得我爱的人有什么丢人的地方。我喜欢的明星他做人堂堂正正，做事认认真真，对粉丝、对同事无可挑剔，他被父母、家人爱护，他有理想、有行动力……抱歉，讲这么多有点王婆卖瓜的嫌疑。"郭漂亮的漂亮脸蛋上从没有过这样正经的表情，"他没什么见不得人的，我喜欢一个正直、优秀，能激励我奋斗的偶像，我觉得这没什么见不得人的，所以我愿意捍卫他，我愿意宣传他。"

　　她没有一丝说笑的意思，俊俏的脸上写满认真。

　　她问："你呢？你觉得你喜欢的东西丢人吗？"

　　每个人都有自己珍视的人或物，每个人都有自己对待那些人或物的方式。但如果你是从心底热爱，怎么会连提都不愿意提起，对外完全抹杀自己喜爱那些人或物的痕迹？

　　我觉得我喜欢的东西丢人吗？甄钟尔在心底问自己，她思考着到底是从什么时候开始不愿意和别人提起。哥哥很喜欢她，每次回家都会给她带娃娃、带衣服，那个时候的她是最开心的，因为过了那一段时间，整个家里就又只有她和她的娃娃了。她也试着跟来找她玩的小伙伴介绍她的娃娃，结果童言无忌最伤人，她也记得最深。

　　甄钟尔陷入思考。我对自己喜爱的东西一点儿信心也没有吗？它们不值得

110

捍卫，不值得我津津乐道地宣传吗？我是害怕自己受到伤害，还是怕自己喜爱的东西被人诬蔑？我对它们的喜欢到底是因为寂寞还是真正热爱？

郭漂亮见她被自己带到坑里了，便开始下钩子："你那些衣服、你的娃娃，它们难道不美吗？它们是没有灵魂、没有内涵的玩具吗？你只是拿它们打发时间吗？"

是吗？

不是！

甄钟尔坚定了自己的想法，她向往为爱而战，那种冲动并非源自性格，而是来源于爱和信任。

"不是。"她坚定地说。

"大声点！"郭漂亮像个军训教官似的，"听不见！"

"不是！"甄钟尔用力地喊了出来。

莫明霞一脑门的冷汗，她没想到自己身边藏着一个这样会洗脑的人，说的话好像有道理，又好像有些不对劲，但最不对劲的地方在于她找不出哪里不对劲！甚至她脑子里又响起了郭漂亮质问的话——"你觉得你喜欢的东西丢人吗"，她心里有股说不上来的别扭感觉。

郭漂亮见甄钟尔上钩了，便更具诱惑力地蛊惑她："那你就证明给别人看！把那些所谓的奇装异服、洛丽塔小洋裙穿出来！把你的'弟弟妹妹'介绍给别人认识！藏着掖着干什么呢？喜欢就要说出来！"

为什么一定要把自己与众不同的地方亮出来给别人看呢？真以为谁都会接受吗？莫明霞暗自嘀咕，她不相信郭漂亮说的，但也不想因为这个和郭漂亮起争执。

郭漂亮还在继续"洗脑"，她大声问："告诉我，你要不要和我们一起把你喜欢的衣服展示出来？"

那朵青春要开花

"要！啊？一起？"甄钟尔愣了两秒，立即明白了郭漂亮在说什么，"好！我们一起穿！三个人一起穿！"

莫明霞注视着莫名其妙激动起来的两人，无情地吐出一句话："想得美！"

"大侠——"两人拖长了尾音深情呼唤道。

"想都不要想，没可能！不要撒娇，撒娇没用！"莫明霞冷着脸拒绝得毅然决然，然后提起晒衣杆就往外走。

"她干吗去？"甄钟尔不解地问。

"练剑，要不然就是耍棍。来，我们从你的衣柜里挑三套衣服……"

"三套？"

郭漂亮理所当然地回答："当然，她会穿上的。"

之后的几天，郭漂亮一直在做各种准备。经过一连串计划，她终于把时间定在了周四的下午。那天下午是两节小课，只有自己班的同学。她们认为在自己班的同学面前已经里子、面子全丢了，所以完全没有思想包袱。

莫明霞本来是死活不答应的，两人生拉硬拽、软磨硬泡，她就是不点头。郭漂亮被逼得使出奇招，把莫明霞的衣柜换了一把锁，她要是不换上郭漂亮准备的衣服就没法出门。再加上甄钟尔可怜巴巴地看着她，走到哪儿跟到哪儿，缠久了她也就不忍拒绝了。

上午上完课，三个小姑娘草草吃了几口饭，回到寝室便开始梳妆打扮。

甄钟尔的服装系列非常广，广袖长襟的汉服、崇尚蕾丝的洛丽塔小洋裙……要什么有什么。

郭漂亮选定的主题是汉服。她给甄钟尔穿上一件粉红色对襟齐腰袄裙，外罩一件纯白羊毛斗篷，绾上发髻，再戴上一串眉心坠，活脱脱一个古代小郡

第六章

主。甄钟尔穿着这身衣服略一施礼，结合汉服经典和现代审美的搭配让整个人的气质都变得恬然起来。

莫明霞看得都愣住了："好看！"视觉冲击大到一定地步，言语已经不足以形容了，她只会说，"好看！"

甄钟尔低头，用袖子捂住嘴偷笑，又让郭漂亮快点给莫明霞收拾。

郭漂亮给莫明霞挑了一件枣红色交领齐腰襦裙，搭配白色上衣，手腕上绑着红色系带，正是不久前郭漂亮念叨过的"武侠范儿"！

拾掇完，郭漂亮对着莫明霞一拱手："少侠自哪儿来，要去向何方？"

莫少侠也拱手回礼，声音清冷，面容严肃："贫僧从东土大唐而来，要去往西天求取……喂，郭漂亮，你敢跟我动手？吃我一掌！"

"谁让你瞎说的，你是个女侠又不是和尚！"

两人嘻嘻哈哈，唯有甄钟尔呆站着，一脸茫然地说道："大侠，你以前从不搞笑的，你以前很严肃，杀气四溢……"

莫明霞愣住了。对呀，她怎么会突然说出那样的话呢？她怎么就自然而然地说出了那样的话呢？她刚想问自己这样好不好，注意力却又被郭漂亮吸引走了。

郭漂亮穿了一身浅紫色袒领半臂襦裙，裙摆摇曳，显得活泼又灵动。

甄钟尔看看自己，又看看她们。她知道这些衣服很美，但她不知道这样大大方方穿出来会这么美。

郭漂亮伶俐可爱，莫明霞爽利潇洒，甄钟尔温柔恬静。这衣服很美，这样打扮的她们也很美！

收拾妥当之后，三人打算出发。临出门前，郭漂亮拿起手机给三人拍合影。三个服装风格各异的古装少女对着镜头比了一个爱心手势，一起笑着喊"茄子"。

那朵青春要开花

拍完照，郭漂亮拿着手机准备发微博。莫明霞仗着身高优势抢走手机，两人再度打闹起来。甄钟尔笑着注视她们，她想就算一切在这里停止，也已经足够了。

由于三人弄得比较久，错过了学生们离开寝室去上第一节课的高峰期，所以三个精心打扮的女孩没有遇上任何观众。当她们走到教学楼附近，远远地，有人开始大声议论。

"快看，快看！古装！"

"我们学校这是要拍戏了吗？"

人们对她们的装束议论纷纷，甚至有人尾随她们，一路走一路拍。

"这要是发到'小报A大'就火了！"

听到"小报A大"，甄钟尔不禁有些惶恐。

她还没来得及打个哆嗦，郭漂亮就一巴掌拍在她背上："背挺直，这么好看的衣服，弯腰驼背多难看！拿出你的气概来！"

"你别老凶她。"郭漂亮唱白脸，莫明霞便唱起了红脸，她走在甄钟尔的右侧，像个帅气的侍卫，"你别紧张，你看他们不也没说什么吗？他们只是好奇而已。"

甄钟尔勉强笑笑。紧张是肯定的，她从没被这么多人注视过，但她想，有漂亮和大侠在，她可以尝试着忍耐。

三人把人潮带到了教学楼，更多的人不断往包围圈里挤。教室外就是走廊，后门已经被前来围观的人推开了，前后三个玻璃窗外也站了不少人。还有人嚷嚷着："在哪儿呢？在哪儿呢？"

三班的人觉察出不对劲，回头一看，只见三位久负盛名的"奇葩"穿着华丽的汉服，端端正正地坐在教室的最后面。

"这也太牛了吧！这三人是在玩角色扮演吗？"

第六章

"懂什么，这是咱们民族的服装——汉服！"

"我才不穿汉服。"

"你怎么可以说这种话，难道你不认同自己的民族吗？"

"我是彝族人啊！"

甄钟尔听着这段对话，扑哧一笑。

结果这动静反而引来了更多人的议论："穿上这身衣服，笑容都变得好美啊！我也好想穿！"

"上课时间都围着干什么？你们是哪个班的？凑在这边看什么？"江教授的到来驱散了围观的人群，他身边还跟着一个十分具有学者气质的中年男人。

"汪教授，不好意思，我们班学生比较活跃，你担待点。"江教授下意识地觉得是顶楼三人闯了祸，先道一声歉，让汪教授稍后不好意思追究。

结果这位汪教授完全不搭理他，直接想开骂，他把人群拨开，瞧见了坐在后面的三个女生。

"哈，这可了不得！"江教授冲进去第一眼正好看见莫明霞，枣红色对襟袄裙看起来十分爽利，一看就有一股习武之人的精气神。这下好了，他看着莫明霞，一下子忘记自己想骂什么了。

旁边围观的同学知道有热闹看，任班长怎么驱赶都不走，围在两位教授身边等着看后续。

"让她们哗众取宠，就该得教训！可别拖累了我们全班！"有人开始阴阳怪气地打击。

"怎么办？"甄钟尔小声问自己的同伴。盯着她的眼睛太多，她有些顶不住。

莫明霞也咬着牙低声问："漂亮，你可是打包票说不会出大事的，现在怎么办？快想办法！"

那朵青春要开花

比起两个惊慌失措的伙伴，郭漂亮就显得镇定多了，她挺直腰板直接无视两个伙伴的话，与汪教授说起话来："穿这身行头上您的课，您觉得还合格吗？"

所有人敛声屏气，等着汪教授的回应。

汪教授哈哈大笑，做了个捋胡须的动作，说道："善！大善！"说完就拨开人群，一边往讲台走，一边吩咐同学们归位上课。

他拿起粉笔在黑板上潇洒地板书三个大字——秦汉史，写完把粉笔头一丢，说道："开学两个多月，秦汉史是第一回上课，我没想到第一节课就有人穿着汉服来听课，说实话我非常高兴。谢谢后面三位小朋友给了我一份厚礼，我也礼尚往来，请你们到前排就座……"

甄钟尔与莫明霞见老师并未生气，一下子重拾信心。

刚刚阴阳怪气说话的人也不出声了，教室内外的人都开始起哄，却并不是看笑话。

效果不错，然而原本镇定的郭漂亮却一下子垮了脸——她想搞个大新闻，结果新闻搞太大，彻底让老师记住她们了，以后可怎么逃课？

这堂课上得相当精彩，临走时，汪教授还对第一排就座的三位古装少女说："期待你们下一次的装束！"

甄钟尔抓着郭漂亮的手臂，快把她的皮肤掐紫了，等到汪教授走了才兴奋地出声："他说期待！期待！期待！哇！"这个一激动就说不清话只想尖叫的毛病终究从郭漂亮扩散到了甄钟尔。

"好的，好的，我知道，你先松手啊！"

莫明霞咳嗽一声，提醒甄钟尔注意形象。原来，教室里还有大半的人没走，大家一反常态，动作缓慢地收拾东西，眼睛却在偷看她们三人。

第六章

有人大大咧咧地称赞："你们今天可真惊艳，太好看了！"

莫明霞和郭漂亮出奇一致地让甄钟尔担当外交员，她们用眼神鼓励甄钟尔。

甄钟尔慢慢开口，温和地说道："谢谢。"虽然没有过多的交流，但这是一个好的开始，这比甄钟尔预想的最好状况还要好！

汉服、秦汉史学课，郭漂亮是做足了准备才实施计划的。她不能确保所有人都接受，但她能让这一切发生在一个具有最高接受度的环境里。她保护了甄钟尔。她告诉甄钟尔你要去冒险，但她偷偷给甄钟尔拴上了安全绳，这是一场上了保险的"冒险"！

这场冒险打开了新的局面，虽然也有人觉得她们是在哗众取宠，但权威人士汪教授表示赞扬之后，他们很难再说出抨击的话语，因此越来越多的人对甄钟尔表示欣赏。在食堂、在路上、在校外、在洗衣房，每个遇见甄钟尔的人都会跟她谈起她那天的衣着，虽然交谈简短，但评价不低。

甄钟尔嘴上没说高兴，但眼睛亮亮的满是神气，整个人都精神了。接下来的几个晚上，她都闹腾着给郭漂亮、莫明霞搭配衣服，小奶狗似的抓着衣服在两人周围打转，叫人没法拒绝。

得了两人的承诺，她又飞快地抓起穿过的和太久没穿的衣服，拎着塑料桶去洗衣房，走路都一颠一颠的，看得郭漂亮直发笑。

计较着别人不喜欢自己，心里难过不说，还耽误不少愉快时光，不管干什么，喜欢一件事物本质是为了自己高兴，如果连愉悦情绪都不能获取，那"喜欢"只会成为一种负担。

所以，专注自己的喜欢就好，至于别人的议论，挨个难过那不是太浪费时间了吗？

甄钟尔提着小桶子噔噔地下了楼，楼管阿姨却说没硬币了。老四栋的洗衣

那朵青春要开花

机不能插卡计费，只能投币，甄钟尔只好去超市换硬币。好在超市不远，两百米外就有一个校内超市。

甄钟尔刚出来，就遇上了从左侧男生公寓楼出来的熟人。

甄钟尔一见那人就犹豫了，躲在树干后面不想打招呼，心里又犹豫着，毕竟是帮过自己的人。矛盾间，她想等对方先走开。

也不知道程逸风是不是发现了她，站在女生寝室通向大路的唯一出口玩起了手机。

甄钟尔像只小耗子似的，以为对方真没看见她，便沿着墙根往外挪。

程逸风气得够呛，大步走过来伸手准备拎住她的衣领把她提起来，想想不太好，便一把夺过了她的桶子。

"你怎么那么胆小呢！"程逸风没好气地说，"我有那么可怕吗？"

甄钟尔被逮了个正着，听他这样说，又开始着急，脸憋得通红："不可怕，谢，谢谢你。"

程逸风有心逗弄她，看到她像小老鼠似的胆怯模样又于心不忍，抬手揉了下她的头发，问："去换硬币？"

甄钟尔老老实实地点头。

程逸风失笑："那你拎着桶衣服跑干吗？不重吗？"

他不知道甄钟尔初中读寄宿学校的时候，稍微不注意自己的东西就会不见，要不就是被倒上一碗泡面汤，她哪里敢把桶子丢在洗衣房啊！

程逸风不了解也没法了解，他冲她偏了偏头，说："走吧，我也要去趟超市。"他的室友都在小馆子里坐着，等着他一到就开餐，他却说他要去超市。

这事甄钟尔当然不知道，她傻傻地点头，跟着他往超市走。

程逸风问她怎么不回他消息，是不是没看到。

那天的汉服造型刷爆了A大学生的朋友圈，"小报A大"也发表了相关文

第六章

章。当天程逸风不在那栋教学楼上课，事后看到了图片还鬼使神差般存了好几张甄钟尔的单人照。程逸风当晚就发了一张图片给她，还说好看。

其实甄钟尔都看到了，她握着手机思索了好久，一个一个打字又一个一个删除，最终什么也没来得及发就睡着了。

甄钟尔据实以告，脑门却被程逸风弹了一个栗暴。她捂着脑门委屈地看着程逸风。

程逸风心情愉快，理所当然地吩咐道："以后我的消息要秒回！发什么我不管，但要秒回，听懂了吗？"

甄钟尔看着他，用眼神问为什么。

程逸风眼睛一眯就开始翻旧账："三次旷课就算挂科，我已经旷课一次了！"

甄钟尔受了他的恩惠，只好点头答应。

程逸风见她老实点头，便放她去兑硬币，自己跑去超市深处的货柜拿了几瓶喝的，也算是给自己的迟到找借口了。他拿好东西，一站起来就看见正对着的货架上放着棉花糖，五颜六色的。

程逸风觉得甄钟尔窸窸窣窣吃东西的模样一定很好玩，便忍不住拿了一包，走了两步又折回来再拿一包。

只耽搁了一会儿，外面就出事了。

"那是她吗？"一个女生问。

穿着森系连衣裙的女生果断地点头："就是她！"

"上去找她，快点，把她堵住，别让她跑了！"三四个女生冲着甄钟尔奔过来。

甄钟尔愣愣地站在超市门口，一眨眼就被一群神情激动的女生围住了。

超市阿姨见状况不对，大声训斥："你们干什么？想干什么？"

那朵青春要开花

只听一个女生说："阿姨，没事，我们闹着玩的，我们认识。"

阿姨当然知道这话是蒙人的，急着想从柜台后出来，又大声嚷嚷着让她们不要动手。女生们压根没搭理她，架着甄钟尔就走。

这个过程里，甄钟尔脑子都是蒙的，她在她们气势汹汹地冲过来的时候就已经呆住了。

程逸风听见声音出来已经迟了，甄钟尔被女生们带到一边的小花园里去了。他把东西一甩就往外追，跑出去时还不忘带上甄钟尔那一桶子衣服。

程逸风眼看着她们进了绿化迷宫，心里觉得要坏事。理智告诉他几个小女生干不出什么太过分的事，然而下一秒又满脑子都是甄钟尔被吓到的模样。她像只仓鼠一样胆小，哪里禁得起吓！

程逸风一想到甄钟尔会害怕，顿时急了，边循着声音找，边咒骂学校闲得无聊把小花园的绿化做成了两米高的迷宫，让他一走岔路就找不到人。

他循着动静找，终于在迷宫中心的空地上找到了被女生们包围的甄钟尔。不像是有什么大事的样子，程逸风松了口气，慢慢地走过去，结果还没走近，就听见一个女孩子骂了一句脏话。

甄钟尔吓得一哆嗦，嘴唇都泛白了。

程逸风心里也跟着一颤，怪自己没看见动手就放下心来，心里没由来地恼怒，冲过去就想把甄钟尔拽出来。

就在这时，骂脏话的女生忽然猛地一把抱住甄钟尔，叽里呱啦骂了一串粗话，抱着甄钟尔又笑又跳，然后大声说谢谢。

这场景看得程逸风彻底愣住了，谢谢？这到底是怎么回事？

甄钟尔被女孩子抱得紧紧的，都快喘不过气来了。紧接着，一只手拽住了她的胳膊，把激动地抱住她的女生扒拉下去。

第六章

　　程逸风把甄钟尔护在身后，皱着眉对女生说："说话就好好说话，别动手动脚的。"

　　女生是程逸风班上的，是上次敲窗户给甄钟尔让座的女生。程逸风凶神恶煞地打量着她，揣测她的来意。

　　甄钟尔本以为这几个女生是来找自己麻烦的——不由分说地把她拖走，凶神恶煞地问话，结果对方最后一秒软化，哀求着向她借服装去演出，还保证完璧归赵，干洗后再还她……甄钟尔傻乎乎地点了点头，结果对方激动得又说了一串脏话，把她吓得够呛。

　　弄明白事由，女生们又把程逸风挤了出去，拉着甄钟尔问长问短。原本她们是计划着直接上顶楼寝室去，结果一群人你推我推你，谁都不愿意打头阵，看到甄钟尔落单，便立马把人带走了，就这样才闹出了一场乌龙。

　　程逸风相当诧异地看着女生们把他隔在外围，还抢走了他手里的桶子。原来她们都是四班的学生，打算元旦节演一个小话剧，但找不到合心意的衣服。甚至程逸风被副院长批评的那节课上，也是她们其中之一想和甄钟尔套近乎，借两套衣服。哪知道女生踩了甄钟尔的雷区，甄钟尔又反应过度，才让程逸风背了黑锅。

　　误会解释清了，程逸风的室友连番打电话过来叫他去吃饭，女生们簇拥着甄钟尔又让他没法插话，他便先离开了。

　　以森系长裙女孩为代表的蒋笑笑带着她的室友向传说中的神秘世界——顶楼寝室进发。

　　直到进了寝室，甄钟尔都还晕乎乎的。她只知道蒋笑笑是慷慨让座的女孩，也是假面派对那晚偷偷参加三班派对的森系长裙女孩。她们寝室两个三班学生、两个四班学生，也不知是懂礼貌还是真不介意顶楼寝室的传闻，她们进来时和普通串寝没什么两样，完全没对这里的一切大惊小怪，甚至还和郭漂亮

那朵青春要开花

与莫明霞礼貌问好、友好交谈，这在顶楼人眼里简直是奇迹！

郭漂亮想解释为"拿人家手短，吃人家嘴软"，但看到莫明霞皱眉便立马住嘴，怎么说也是甄钟尔交到的第一批朋友，管他是怎么回事呢！

莫明霞看着这些对甄钟尔的世界完全不了解却能够保持尊重来欣赏甄钟尔爱好的人，心中有些讶异，原来"特殊"和"普通"真能和平共处。但只是这么一想，莫明霞心里又哂笑一声，就算"特殊"的甄钟尔能跟大家和平共处，那也是因为大家不怕她，这和自己完全是两回事。

莫明霞暗自摇头，嘱咐甄钟尔好好招待"客人"，又小声劝郭漂亮凑过去玩，自己则换了身行头准备出门。

"你去哪儿？"郭漂亮不解地问。

莫明霞换好鞋子蹬了蹬脚，头也不回地说："辅导员找我有点事。"

"辅导员怎么老找你有事？你又不是班干部……"

莫明霞听见了，却不想回答，也不知道怎么回答，她低头看了看手机上的信息——"速来阳光武道馆"，甩了甩头发出门。

来借衣服的513寝室一群人满载而归。在她们进来之前，郭漂亮和甄钟尔对她们一无所知，而她们从这扇门走出去之后，大家却成了可以用昵称称呼彼此的关系。

"什么感觉？"郭漂亮用胳膊撞了一下甄钟尔，问她有何体会。

甄钟尔拿着手机忙着发微信，程逸风给她发了一张午餐的高清大图，被勒令秒回的甄钟尔发了一个微笑的表情。

程逸风抓狂了："你敢发微笑图？你知道微笑图是什么意思吗？"

甄钟尔："不知道。"

程逸风气得够呛："不许发微笑图，这个'微笑'皮笑肉不笑的，明明是

在嘲讽！"

　　甄钟尔："哦。"

　　程逸风："'哦'也不可以！'哦'就是对我说的东西没兴趣，不想了解的意思。"

　　觉得网络"术语"相当有意思的甄钟尔回复道："呵呵。"

　　郭漂亮看她忙着发消息，便把头伸过来看，看完之后只能对程逸风报以十二万分同情："他还不知道你把他的备注改成了什么样子吧？"甄钟尔改的备注是"奇怪的人"，"千万别给他看，他会气死的。"

　　甄钟尔有不同的看法，她疑惑地说："他是个好人，不会生气的。"

　　"事实上你已经快把他气死了，年轻人的网络用语里，'呵呵'等于骂人。"甄钟尔翻了翻聊天记录，又道，"'微笑'这个表情也不怎么友好，以后不要发了。"

　　"也等于骂人？"甄钟尔举一反三，"我不是故意的，我，我不知道。"

　　郭漂亮无奈地点头，又岔开话题："好了，不说这些了。告诉我，你有什么感觉？"

　　甄钟尔乖巧地放下手机，正儿八经地总结道："我觉得，她们，她们是好人。衣服应该会还给我吧！如果不还的话，那我只能买新的了。"说到一半，甄钟尔开始抠手指，又勉励自己相信别人，"会还的，她们是好人！"

　　郭漂亮看着甄钟尔湿润的眼眶，感叹人家上大学是上大学，自己上大学是上赶着来当妈了。她掐着甄钟尔的脸蛋，又好气又好笑："谁问你这个了，小宝贝儿，我问你招待她们一下午有没有感觉到饿？你知不知道我们除了早饭什么都没吃？"

　　"啊？"甄钟尔摸着肚子，这才后知后觉地说，"饿了。"

　　"饿了就吃饭去，走吧，我们吃大餐去！"郭漂亮牛气十足，拉着甄钟尔

　　就往外走，"今天有人请客。也不知道大侠回不回来，等会儿到了地方给她打个电话。钟尔，你想吃什么？"

　　甄钟尔想起程逸风发的那张午餐高清大图，小脑瓜转了转，问："重庆鸡公煲，可不可以？"

　　"行！"

　　最终吃饭的人只有三个，分别是甄钟尔、郭漂亮和冯亚星。打电话给莫明霞，莫明霞说她来不了，又说很忙，没等郭漂亮问些什么就把电话挂了。

　　郭漂亮倒是没计较，拿着菜单给莫明霞点了一个炒菜打包，又给甄钟尔夹了一堆肉："你别老吃小菜，也吃点肉啊！"结果转头就看到一个饭碗递到了自己面前，郭漂亮咬着牙问："这是干吗？"

　　冯亚星噘着嘴说："你别只顾着她，也顾着点我啊！"下巴一挑，示意郭漂亮给他夹菜。

　　嘿，他竟然跟自己的室友吃醋！郭漂亮瞠目结舌，不知道怎么接话，顺着他的意思给他夹了一块肉，嘴上却不让着他："你能跟她比吗？甄钟尔是我们寝室的宝贝好吗？再说了，人家比我还小两岁，我不照顾她……"

　　"你还管她叫宝贝？"冯亚星气得都要扔筷子了。

　　郭漂亮见怎么说怎么错，于是板着脸吓唬他："你再不好好吃饭，我就亲你了啊！"

　　话一出口，冯亚星顿时就老实了，不声不响地吃饭，过了一会儿反应过来，眼睛直愣愣地盯着郭漂亮。中辣的重庆鸡公煲，油汪汪的，辣得人的嘴巴又红又润，就是不知道是什么滋味……

　　郭漂亮也知道自己说错话了，耳朵红得厉害，早没了吓唬人的气势，脑袋快埋到饭碗里去了。

　　甄钟尔见此状况，老老实实回复程逸风"你在干吗"的问题："等着看人

第六章

亲亲。"

　　程逸风立马一个电话打了过来，甄钟尔捧着手机出去接电话。这时，服务员把打包好的饭菜送到了饭桌上。

　　"你别忙着走，我先把账结了。"冯亚星叫住了服务员，掏出钱包结账。

　　只剩下两个人独处，郭漂亮宛如满血复活，又开始不老实地调侃冯亚星："说好了要请我室友吃饭，今天少了一个人可不算啊！"

　　"那是当然，男朋友请女朋友的室友吃饭，跟她们打好关系，这叫战略合作！"冯亚星想起了什么，又说，"不过大侠可能比较忙，咱们大概得提前跟她约时间。"

　　郭漂亮不以为然："她有什么可忙的？"

　　"她不是要训练了吗？我看见下学期大学生运动会参赛名单上有她的名字……"冯亚星三两下拆掉鸡腿的骨头，把鸡肉放到郭漂亮的碗里，"我就说上次那张照片上的小孩是大侠吧，没想到她也是国家二级运动员……"

　　"二级运动员？她……参加比赛？"

　　冯亚星觉得奇怪，郭漂亮看起来像是一无所知的样子："你不知道吗？你们住一个寝室，她没跟你说？"

　　以前不是能说的关系，可是现在……郭漂亮也拿不准莫明霞是不想说还是不能说，谁还没有一两个心结呢？但她总是要问问的。她随口敷衍冯亚星，拿起手机给莫明霞发了一条消息。

　　"我给你打包了饭菜，你要是没吃就回来吃吧。"

　　另一边，阳光武道馆里，莫明霞慢慢放下手机。

　　江教授端着小茶杯，悠哉地问道："去不去？"

　　莫明霞扭了扭脖子，松了松筋骨，语气颇有股咬定青山不放松的味道："不去！"

那朵青春要开花

江教授往靠椅上一躺，放下小茶杯，拿起手机打麻将，随意地对一旁吩咐道："那就再来三个吧。"

三个穿着红色武术服的半大孩子向着莫明霞行抱拳礼，然后大喝一声，冲着莫明霞快速出招。

"你总会给我正确答案的。"江教授优哉游哉，完全不顾莫明霞如何与五个武道馆的孩子纠缠，她会不会伤到他们，又或者他们会不会打到她，他全然不管！

莫明霞招架着五个孩子，既不敢下重手，又摆脱不了纠缠，她咬牙切齿地回答："说了不去就是不去！"

江教授不甚在意："嗯，你出得了这扇门，我今天就暂且放过你。反正我一个老年人，别的没有，空闲大把。"

时间不知过了多久，莫明霞一直与五个小孩见招拆招，碰上耍赖的还会被抱住大腿。就在她身心俱疲时，传来江教授的声音："胡了！"

江教授放下手机，摘下老花镜看了看窗外，漫不经心地说："哟，天都黑了。"又看向被半大孩子们压在地上的莫明霞，"哟，你还在啊？"

莫明霞被压在地上只觉得愤怒，哪有抓着人家的把柄，一定要把人赶去比赛的辅导员？以权谋私！

江教授幽幽地看着她，准备了一肚子的大道理，最后叹息着说道："算了，你走吧。"

莫明霞松了口气，以为他就此放弃了，还没爬起来，就听到江教授又补了一句："三天后再来。"

第七章

二

一

一

　　一个再普通不过的早上，甄钟尔给自己拾掇了一身行头，又给豆花配上一身一样的小衣服，看着是准备出门的模样。莫明霞一个翻身从床上下来，换上运动鞋，刷牙洗脸。

　　"大侠，你起来了。"甄钟尔张开手臂抱住她，"你跟我一起去吗？"

　　莫明霞身上挂着这个大娃娃去洗漱间洗漱，她拿着牙刷含含糊糊地问："去哪儿？"

　　"漂亮没跟你说吗？你最近睡得好早，我从513寝室回来的时候，你都睡着了。513寝室的人请我们去看排练，你去不去？"甄钟尔边说边玩着莫明霞的头发。她最近越来越不害怕跟人交流了。那些奇装异服，她想穿就穿，不再担心别人说什么，甚至还会教513寝室的人一些日常服饰搭配心得。

　　莫明霞不答反问："漂亮呢？她怎么一清早就不见人了？"

　　"你没听她说吗？"甄钟尔很奇怪，怎么听起来莫明霞像是完全不知道她们最近的动向似的，"漂亮的偶像来我们城市搞活动，她一大早就去接机了。"

　　她见莫明霞神情漠然，便提起莫明霞最关心的事，希望能获得一丝关注："我的东西已经放到513寝室去了，她们还答应帮我们在她们班找找，看看有没有空柜子……"

　　"哦，挺好的。"莫明霞身心俱疲，隔一段时间就被小鬼头当沙包打，还要瞒着两个室友，大量的体力消耗使得她反应迟钝。

第七章

莫明霞这个反应让甄钟尔更加不放心了，以前柜子的事是她最挂心的，现在听到事情有转机居然是这个态度？甄钟尔不敢把莫明霞一个人丢在寝室里，连哄带骗把她拉去了彩排的地方。

一个神采奕奕，一个满脸冷漠，两人一起出了寝室楼。

一出去莫明霞就觉察出不对劲，有人在跟踪她们！

她偷偷扫了一眼，是个矮她一点点的男生，面容陌生，完全不认识。莫明霞觉得奇怪，却没放在心上。到了彩排的地方，莫明霞才明白自己疲于应付江教授，错过了许多东西。513寝室，不，不止513寝室，现场的人大半都和甄钟尔关系不错，说不上多好，但至少会点头说上两句话，对豆苗也完全没有异样的眼光。

"笑笑她们要表演一个舞蹈，但我合适的衣服不够，然后我想了个办法硬是给她们凑齐了！"

甄钟尔带着点骄傲地说，等着被夸奖，却得了莫明霞相当敷衍的一句："厉害。"

等甄钟尔被人叫走，莫明霞闪身退到帷幔后面，等着瓮中捉鳖。果然，不消片刻刚刚跟踪她们的那个男生找了过来。

"去哪儿了？"男生自言自语。

莫明霞突然出现在他身后，冷声道："找我啊？"

男生吓得一转身，看见是莫明霞之后，脸上的神情立马桀骜起来："你怎么跟做贼一样！"男生倒打一耙，声音透出点变声期的沙哑，莫明霞猜他应该只有十五六岁。

莫明霞把他琢磨明白之后，瞬间放下了防备。小屁孩一个，不值得她戒备。

"你不是还鬼鬼祟祟玩跟踪吗？"

那朵青春要开花

　　一米七左右的男生露出与身高不符的孩子气表情，回嘴道："我这情况不一样！"随后他质问起莫明霞来，"你怎么没去武道馆？"

　　莫明霞一脑子疑问，武道馆的学生？他怎么会找到这里来？

　　"我听他们说有个特别厉害的女生来当陪练，是你吧？"男孩子像头小狼似的，完全不把莫明霞放在眼里，"他们说你比我厉害。喂，你跟我练两个回合啊！"

　　这哪是什么桀骜的小狼，就是个不服气的小孩子，还光长个子不长脑子。莫明霞摇摇头，转身准备走。

　　男孩看她无视自己，突然偷袭，莫明霞侧身让开，他却不依不饶，两人你一掌我一拳地在礼堂无人的候场区打了起来。

　　没想到这小孩还有点傲气的资本！莫明霞扭着他的胳膊把他按在地上，问："服不服？"

　　男孩叫嚣着："不服！我刚刚没准备好，有本事我们去武道馆再打过！"

　　神经病！莫明霞懒得搭理他，松开他打算出去找甄钟尔。

　　哪知男孩爬起来又缠上来了，边打边喊着："刚刚不算，再来一次！"

　　莫明霞不打算跟他慢慢磨，一个反手擒拿扣住了他的双手，牢牢把他压在地上，不耐烦地说："我没空跟你折腾，你自己玩去。"

　　"你不是要参加大学生运动会吗，难道你都不要训练？我给你当陪练吧！"男孩被她扣住还不老实，嘴里嚷嚷着，"江教授非说名额有人，我倒要看看你能比我厉害到哪里去。"

　　"没人也轮不到你吧，初中毕业没？"莫明霞恶劣地拿话刺他，"你给我小声点，爱去比赛就去，别缠着我……"莫明霞松开他，打算快速甩开这个尾巴。她没见过这么缠人的小孩，明明以前那些孩子看见她就跑，一见她笑就哭，她什么时候惹小孩喜欢了？

男孩忙不迭地站起来，扣住她的手腕，问："你不去？为什么啊？"

"没有为什么，大人的事小孩子别问。"

"我明年就高三了！"男孩死活不让她走，执着地问，"你到底为什么不去啊？他们都说你资质好……你是不是谈恋爱了？"

这都什么跟什么啊？莫明霞哭笑不得。

"你就是谈恋爱了！"男孩言之凿凿，"谈什么恋爱啊，打比赛多好！你知不知道你男朋友还有别的女朋友？我看你肯定是被他骗了……"

什么乱七八糟的？江教授为了逼她去参赛，真是越来越没下限了，连毛孩子都忽悠！莫明霞制止他说下去，严肃地说道："我要不要继续练武，要不要打比赛，这都是我自己的事，跟你一个陌生人没有关系……还有，我没谈恋爱，你弄错人了……"

"什么弄错，我在你们寝室楼门口听到的，人家说'顶楼的那个又勾引别人男朋友了'，又说'那男生的初恋女友是高中同学，这都被她拆散了'，然后另一个人说'说不定是那男的脚踏两条船呢'。"男孩从小记性就好，把那些人的话一字不差地背了出来，末了还理所当然地说，"这说的不就是你吗？哎呀，人家有女朋友了，你就放弃吧，打比赛多好……我可以勉为其难认你做师父啊……"

顶楼谈恋爱的？顶楼谈恋爱的不就只有郭漂亮吗？莫明霞难以置信地打断男孩："你说什么？你，你再说一遍？"

男孩老老实实地把那些人的话复述了一遍，莫明霞惶惶地问："都有谁在说这些？楼里出来的人？说的人多吗？"

男孩有些不解，答："楼里出来的、过路的，都在说，还说什么追星花钱傍大款……"男孩一拍脑袋，恍然大悟，"嗨，我搞错了，原来说的不是你。我就说练武的人哪有闲工夫追星……"

那朵青春要开花

　　莫明霞完全没听到男孩还说了什么。冯亚星还有一个女朋友？郭漂亮当了"小三"？过路的、楼里出来的人都在谈论，事情已经被传成什么样了？她不敢想自己和甄钟尔忽略了什么，不敢想郭漂亮是不是已经知道了这些。

　　郭漂亮她知道了吗？

　　郭漂亮早知道了。

　　确切地说是照片传出来不久她就知道了。

　　甄钟尔童年时受过不少苦，但高中以后遇上的都是好人，除了郭漂亮、莫明霞，513寝室的几个女孩也不是什么爱计较、爱攀比、爱造谣的人，她们在班群里看到流言和照片的第一时间就偷偷转给了郭漂亮，她们没有关心细节，也没有把这件事告诉甄钟尔。

　　郭漂亮没有过多地解释，也没有拿着照片去询问冯亚星到底是什么情况。她什么都没有做，而是背着大包小包的设备照常去活动现场，平静得就像什么也没发生，把烦恼甩开，用其他事填充大脑。

　　然而她稍一停下，脑海里就浮现出那张照片——应该说是那一系列照片：冯亚星把一个女孩背在背上，女孩笑容灿烂地对着镜头比剪刀手；冯亚星搂着女孩的肩膀，女孩偷偷冲着镜头吐舌头……看起来就是甜蜜美好的高中时光，是她回不去、插不进的过去。

　　"漂亮，我们等会儿回酒店，你跟我们一起吗？"半夜，活动尾声时，一同来的女孩们邀郭漂亮一起回酒店。

　　"我……"郭漂亮感觉整个身体都空了，"我还是回学校吧。"

　　欢呼声和尖叫声从耳边撤离，她不知道同伴是什么时候离开的，也不知道人群是什么时候散尽的。今晚的星光还没来得及谢幕，冯亚星便空降到了她的脑海。

冯亚星，她脑子里只有冯亚星。她怎么会那么喜欢冯亚星呢？怎么会一想到冯亚星喜欢别人、想到冯亚星因为她被搅进这些乱七八糟的事情里，心脏就疼得难以忍受呢？

是不是她离冯亚星远一点，心里的难受就会少一点？

她正胡思乱想着，冯亚星的电话打来了，他在电话那头像逗弄小孩一样说："看完你的偶像了吗？你的正牌男朋友能来接你了吗？"

郭漂亮调整情绪，尽量让自己听起来不像是哭过，佯装轻松地说道："你就别来了吧，我，我一会儿和她们去吃消夜，然后就跟她们住到酒店里去。"

"你怎么那么重的鼻音？"冯亚星一下就抓住了关键。

郭漂亮却对他撒谎："有吗？大概是夜里有点冷，受凉了吧！"

"你待在那儿别动，我一会儿就来接你，就十分钟！"冯亚星不容拒绝地强调。

如果是平常，郭漂亮肯定马上乐呵呵地接受，然后跟人炫耀了，然而这次她惊慌失措地拒绝道："你别来了，我一会儿就走了！我，我晚上还约了她们吃饭呢！你别过来！"

她最后一声都快要破音了，才换得对方勉强同意。

郭漂亮疲惫地挂掉了电话。没有冯亚星的声音干扰，她觉得轻松了一点，至少烦恼不会让她喘不过气。她坐在半米高的花坛边上，身后是刚刚带给她巨大震撼的体育场，而前方是一条没有多少车辆、只亮着路灯的马路。南方的十一月算不上冷，但夜晚的凉意仍然直透郭漂亮的心底。

"喜欢应当是一件快乐的事。"她不合时宜地记起了自己说给别人听的话。喜欢冯亚星是快乐的，只是渐渐地她竟然开始觉得有负担。"郭漂亮"三个字和冯亚星联系在一起，好像连冯亚星也变得富有戏剧性起来。当她第一次听到有人用"交际花的男朋友"来称呼冯亚星时，第一感觉不是愤怒而是愧

那朵青春要开花

疼，她觉得是自己连累了冯亚星。

他们对冯亚星的称呼从"那个射箭的"到"那个拿金牌的"再到"那个交际花的男朋友"，郭漂亮深深地觉得是她抹杀了冯亚星的荣耀。没有人再记得冯亚星是个国家二级运动员，没有人再关心冯亚星是不是要去参加大学生运动会，他们只想知道"交际花"和"交际花的男朋友"又传出了什么新闻。

郭漂亮一个人瞎想着，她想既然已经觉得是负担了，要不然……

"郭漂亮！"

远处传来熟悉的声音，郭漂亮惊慌地抬起头，看见冯亚星竟然赶到了体育场。郭漂亮茫然地问："你怎么来了？"

冯亚星大步跑到她面前，拽着她的手在她手心重重地打了一下，气道："你翅膀硬了，敢撒谎骗我了？还有人呢？怎么你一个人坐在这儿？"

郭漂亮吃痛地抽回手，冯亚星却一把抓住，又往她手掌心里打了一下："说话！"

郭漂亮冲着冯亚星傻笑，一把搂住他的腰，把头埋在他的胸口。她下定决心不搭理冯亚星了，却还是忍不住因为冯亚星的出现而心跳加速。

"她们的房间住不下了，我就说我回寝室算了。"郭漂亮一本正经地撒谎，忍不住贪恋冯亚星身上的温度。她在心底告诉自己就这一次，最后一次。

"这都十一点了，你回哪个寝室？"冯亚星还想跟郭漂亮计较，却被她撒娇耍赖糊弄过去。

"走吧，我带你回去！"冯亚星说。

郭漂亮坐着不动，拽着他的手，仰头看着他，撒娇道："我累坏了，你背我吧。"

见冯亚星眼睛一眨不眨地盯着她，郭漂亮又拿话激他："难道冠军背不起我？那我要换一个别的运动员当男朋友……啊！你干吗？"

134

第七章

冯亚星猛地把她扛在肩上，凶道："你想换谁啊？我听听换谁，好琢磨个姿势把你丢下去！"

"你敢！"郭漂亮外强中干，被他一吓又立即换了口风，"我，我换冯亚星！冯亚星最厉害！"

"算你识相。"冯亚星轻笑着换了个姿势，将她背在背上，"那你说说是你的偶像厉害还是冯亚星厉害？"

郭漂亮在他背上都快要跳起来了，快速喊道："你怎么比得上我偶像呢！"

郭漂亮说完，冯亚星很久都没有回答，直到郭漂亮嬉皮笑脸地想改口时，冯亚星才开口说话："漂亮，我总害怕你又要背着我做些什么。"上次她把他的联系方式拉黑，躲在寝室里避而不见，这已经成了冯亚星的心理阴影。年少时的恋情总是这样患得患失，谁也免不了担惊受怕。

郭漂亮心虚地安慰他："你瞎想什么呢！怎么可能，我还能做什么？"

冯亚星幽幽地问："真的？"

"哎呀，你烦不烦？"郭漂亮岔开话题，"你来的时候叫车了吗？我们俩怎么回去啊？"

冯亚星果然被她带偏，注意力被转移："回哪儿？学校？我倒是可以翻墙进去，你怎么办？"

"我让楼管阿姨给我留了门。"郭漂亮语气诚恳地撒谎，"到楼下我打电话给她，她就来给我开门。"

冯亚星没想过要验证真伪，背着她上了来时的车。

这是一辆黑色的高级轿车，车主相当爱惜自己的车，真皮座椅上还摆着靠枕，橘子味的香熏在幽闭的空间里挥发。郭漂亮上了车就靠在冯亚星臂弯里睡着了。一开始不是真睡，她担心冯亚星问这问那，便装睡来躲避问题，谁知真

那朵青春要开花

的一觉睡到下车。

冯亚星把她摇醒，扶着她下了车："到了，我送你回去吧！"

"哎，别。"郭漂亮想起自己撒的谎，赶忙阻止，"就这几步路，我自己回去就行了。"

大半夜的，冯亚星也没有矫情，便干脆利落地点点头："行，那你先走吧，我看着你上去。"冯亚星站在路口，看着郭漂亮往女生寝室走。

郭漂亮站在二十来米远的地方向他挥手说再见，然后煞有介事地弄出点声响，"进"了女生寝室楼。演完这一切，郭漂亮便抱着腿在寝室楼门前坐下。她在等冯亚星离开，等他走了她再出去找个酒店凑合一晚。

十分钟、二十分钟，她想着冯亚星应该早已离开了。她起身拍拍屁股往外走，刚出去就被人拽住了，她被吓得尖叫起来："谁？松手！"

"就你这胆子还打算骗我？"

声音无比熟悉，却更让郭漂亮惧怕："你，你怎么还没走？"

冯亚星笑了一声，这笑声里有着说不出的嘲讽："你今天晚上这么反常，我要是看不出来岂不是傻子？"

他没等郭漂亮回答，便质问道："说吧，你又想弄出什么幺蛾子？"

郭漂亮彻底放弃抵抗，破罐子破摔地说："以后，我们保持距离吧！"

这样也就不会有什么流言蜚语打扰你了。她在心里补充。

"什么意思？"冯亚星没明白。

郭漂亮抠着自己的手指，惶惶不安地说："我说，我们在别人面前保持点距离。你应该也知道，很多人议论我，他们还说你……"

"哦，是这样啊。"冯亚星很生气，口不择言地答道，"那要不然直接分手好了。"

郭漂亮心里一阵抽痛，她无奈地笑了笑。

是啊，谁愿意跟郭漂亮搅在一起呢？

她尽量用听起来不难过的语气说："分手也行啊。"

冯亚星又急又气，心里像是被钝刀切割般疼，堵在心里的火气不知该怎么发泄，他一脚踹在了墙壁上："你怎么不气死我呢！还分手也行！他们说的话，我什么时候在乎过？我在乎谁，你心里还不清楚吗？"

可是你早晚有一天会在乎！郭漂亮在心底默默地说，就算你不在乎，但我在乎！凭实力赢回来的东西，怎么可以被流言毁了？冯亚星应该是个运动员，而不是绯闻男主角！冯亚星这个名字，不应该和郭漂亮纠缠在一起！

声音太多，谎话和真相根本就分不清，今天一个透底，明天一个爆料，别说是高中照片被扒出来，再往后，做过的任何事都会被人抖搂出来。何必弄得明日难堪，不如今日就离得远一点。

冯亚星又往墙上踹了一脚，吼道："你说话！"

郭漂亮被吓得一激灵，不经大脑就说："我说什么，说你的高中初恋女友吗？照片都让人扒出来了。"

"什么初恋女友？你不知道拿着照片来找我对质吗？"

"有什么好对质的，真也好假也好……"豆大的泪珠滑落下来，郭漂亮吸了吸鼻子，委屈地说道，"骗都骗了。"

"谁骗你了？"冯亚星质问她，"我第一次跟你说话我都脸红，我能有什么高中女友？"

看着她委屈的样子，他又忍不住心疼，拿袖子给她擦眼泪："你傻呀，我要是骗了你，你就找人来揍我，拿你那有一万粉丝的微博号在网上骂我。吃亏了你还忍着，还保持距离，蠢死了！"

热恋就是这样，害怕对方受到伤害，哪怕危险源是自己，也忍不住替对方除去。

那朵青春要开花

　　他稍稍平复心情，冷静地说道："照片从哪儿传出来的？把那人的名字告诉我，我去找人解决一下。"

　　"有什么好解释的？别人只会觉得你是在编故事圆谎。"郭漂亮相当认真地说，她以为冯亚星的"解决"就是解释，"就跟看连载故事一样，你越解释他们越来劲！"

　　"你的意思是任由他们说？"

　　"过一阵子他们就没兴趣了。"郭漂亮犹豫地说，始终觉得两人保持距离会比较好，"要不，我们保持点距离，你以后……"

　　冯亚星勃然大怒："你怎么这么孬呢？你明明不是这样的！"

　　这话在郭漂亮耳朵里过了一遍，她用手按着胸口，竭力让自己稳住情绪。

　　冯亚星，他失望了吗？他看不起自己现在这个样子吗？

　　两人陡然沉默了，谁也不开口。

　　郭漂亮看都不敢看冯亚星，脑海里只回响着一句话："你明明不是这样的！"

　　郭漂亮被带去旅馆，冯亚星跟她只有一墙之隔，她明明可以去问他，但她不敢。她翻来覆去地想：郭漂亮是什么样的？是不是冯亚星把她想得太美好了？"你明明不是这样的""我觉得你不是那样的人""我的心告诉我，她不是那样的人"，她回想着冯亚星说过的话，说不出他喜欢的自己应该是什么模样，但现在的她，一定让他失望了。

　　学校旁边小旅馆的被子，和郭漂亮的心一样潮，冰凉的气息从窗外爬上郭漂亮的脊梁。

　　看着窗外路灯冰冷的白色光芒，她第一次觉得喜欢谁都一样，她都没法从中汲取力量，没法把自己从现实的泥沼中拉出来。

第七章

　　冯亚星和郭漂亮吵架陷入冷战，不管郭漂亮愿不愿意，他都一定要跟着郭漂亮来上课。头两天，莫明霞和甄钟尔单独给他们占了二人座，让他们坐在一起，第三天郭漂亮一看又是这样，默不作声地拿起包和书去了空着的第一排。

　　上大课，三班和四班一百多个人挤在一间教室里。郭漂亮坐在第一排最左边，心安理得地玩手机。

　　就在这个时候，整个班级忽然热闹起来，大家都在议论。

　　郭漂亮抓着手机抬起头，不明所以，听了一会儿才弄明白教授要把这节课变成小组活动课，要求按照开学时登记的分组坐在一起。

　　瞎折腾！郭漂亮暗骂，眼睛一扫又看到了趴在桌上睡觉的冯亚星，目光不自觉变得柔软。她也明白现在这样没意义，冯亚星训练之外都会来陪她上课，她说是保持距离，却被冯亚星演绎成当众闹别扭。冯亚星无条件陪着她闹脾气，她心虚却气盛，拉不下脸一直犟着。

　　教室里忽然闹了起来，不是热闹而是吵闹。冯亚星茫然地抬起头，在他看向郭漂亮之前，郭漂亮飞快地扭过头。

　　吵闹的中心，一个扎着马尾的女孩相当倔强地跟班长要求："我要换组，我才不跟她一组！"

　　此时老师不在教室，班长又不想耽误时间，便拒绝了她的要求，她却不依不饶："那我就不参加了，反正我不跟她一组！"

　　"这是按学号分的组！"班长也烦闷，怎么一个班这么多有"公主病"的人，"莫明霞排在你前面，名单里就是在你前面！"

　　郭漂亮听得一愣，注意力迅速集中。

　　莫明霞僵着一张脸傻坐着，在别人眼里是杀气四溢，郭漂亮却明白她是不知所措。

　　郭漂亮站起来，说："我跟她换。"她一直疑惑，莫明霞当初是见义勇

那朵青春要开花

为，怎么就被越传越不堪？看到马尾女孩，她想也许自己找到了传闻的源头。

班长不想再多事，便默许了。

郭漂亮拿着包坐到马尾女孩那个区域，放好东西再抬头就看见罗米在前面一脸嫌弃地看着她。郭漂亮下意识地想躲，又想起冯亚星在教室里，整个人便僵住了。她不想在冯亚星面前露怯，便挺直了背，放空眼神盯着罗米。

罗米被盯得尴尬，给自己壮胆似的嗤笑一声，然后转过头去跟人窃窃私语，还不时发出点笑声。她一直吃准郭漂亮不敢撕破脸皮大吵，也没什么人帮腔，便占着舆论优势想怎么抹黑就怎么抹黑。一整节课罗米都在和人谈笑，说到关键词就凑在对方耳边小声说，要不就偷偷地瞟郭漂亮一眼，明目张胆地把郭漂亮当谈资、当傻子。

郭漂亮抠着手心，用力深呼吸。她告诉自己这不是怕吵架，而是怕冯亚星看见她情绪失控的丑态。哪知前面几个人越笑越张狂，又拿郭漂亮偶像的黑料和假新闻来取乐。

正好老师有事，活动课改自习课，一行人便放心大胆地喧哗起来，言语中夹杂自以为是的幽默和人身攻击。

郭漂亮忍了又忍，准备拍案而起的时候，一本教科书被唰地扔过来，后面响起一声大喝："够了，有完没完！"

郭漂亮诧异地向后看去，顿时震惊得不得了，发火的人竟然是派对当晚和她吵架的女孩！她上次还在口不择言地传冯轶的黑料，今天居然听到有人说冯轶不好而动怒了！

几个说坏话的仗着人多，不把她放在眼里。

"我们又没有说你，关你什么事！"罗米说。

女孩没等罗米上纲上线，先自己表明立场，抓着罗米的错处指责："我是冯轶的粉丝，你说关不关我的事？自习课大声喧哗，吵到我看书，你说关不关

我的事？"

"彭朵朵，你疯了吧？"罗米以为对方和郭漂亮一样是个胆小鬼，企图以多欺少，嘴上又不干不净地说，"郭漂亮，你们脑残医院又有病人偷跑了？言论自由，还不让人说话了，有病！"

"砰！"一本书擦着罗米的桌子飞过去，叫作彭朵朵的女孩一脸凶悍，"说谁有病，说谁脑残呢？信不信我告你诽谤？没跟你说笑，出校门左转直走两千米，我男朋友在里面上学！"

警察学院离A大正好两千米。

罗米的脸一下就青了。比起郭漂亮，彭朵朵横得不行，还相当有底气，让她一下碰了钉子。

郭漂亮看得心中暗爽，被彭朵朵一脸的凶狠感染，不由自主地站了起来。她就坐在罗米身后，罗米此时正面对着她，看她站起来更慌张了，完全没了刚才张狂大笑的嚣张。

莫明霞和甄钟尔不明所以，以为罗米是在和郭漂亮吵架，立马离座走过来。冯亚星因为是外系的，便站在不远的地方审视这场乱局。其他人则都一头雾水。

罗米看她们突兀地站着，用一种对抗的姿态注视着她，整个人都蔫了，像纸老虎一样。她嘴巴也不像之前那样不干不净了，反而吞咽着口水，惶然地问："你们，你们想干什么？"

郭漂亮愣了一下，对罗米的反应感到吃惊。

罗米慌慌张张地撂狠话："我告诉你，这可是大庭广众，你们要是敢……"

郭漂亮呆住了，她莫名觉得自己好笑。自从进了大学和罗米结怨，她栽了一个巨大的跟头，并且爬也爬不起来。她没想过那些流言的缔造者、给自己压

那朵青春要开花

力和烦恼的源头，竟然如此不堪一击。直到今天，她看到哆哆嗦嗦的罗米，才惊觉让自己烦恼到怀疑自己的这个跟头，不过是个小土堆造成的，而罗米也不过是个欺软怕硬的胆小鬼。

郭漂亮心里堵得慌，有些地方想通了，有些还在死角挣扎。

郭漂亮别有深意地看着罗米，弯腰捡起彭朵朵扔过来的书，淡定地说道："别拿你的龌龊想法揣度别人！没人想以多欺少，粉丝也是文明人，要倒打一耙也想想是谁先乱嚼舌根！"

罗米被郭漂亮气得头顶冒烟，想放两句狠话，又看到郭漂亮冲她扬了扬手里的书，脖子一缩老实了。

郭漂亮觑了她一眼，特别淡定地拿着书转身去找彭朵朵。她把莫明霞和甄钟尔赶回原位，把书还给彭朵朵，压着她坐下。

她正准备走，却被彭朵朵叫住。

"你是不是觉得我特别好笑？"

郭漂亮吃惊地看着彭朵朵，诧异地问："怎么会？"

彭朵朵有些郁闷，她本来就是个相当鲁莽的人，之前不管不顾地和郭漂亮发生争执，之后便对冯轶起了好奇心。她原本是想花时间找黑料继续跟郭漂亮戗，结果却意外地喜欢上了冯轶，这才明白自己喜欢的人被别人肆意抹黑是怎样的感受。

郭漂亮弄懂了她的意思，在她身边坐下："冯轶又不是我男朋友，多一个人喜欢他有什么不好？只有喜欢他的人越多，他才能走得越远。"

"那你听了不生气？你不是上次还跟我吵了一架……"

郭漂亮有些心虚地摸了摸鼻子。上次她戴着面具自以为安全，所以豁出去了，这次面对的是让她栽过大跟头的罗米，她也愤怒，但更多的是束手束脚、胆小怕事。但这些她不可能和彭朵朵照实说，她冠冕堂皇地用另一套来掩饰：

第七章

"生气啊，可是那又怎么样呢？冯轶在飞速成长，这些根本撼动不了他。"

"可是她们这样造谣，会让路人信以为真！"

"假以时日他的实力被认可，他的地位无可撼动，到那时路人嘴里的真相也会变。"郭漂亮淡淡地说。

虽然是拿来掩饰心虚的话，但这番话是真的。不管从哪种角度看事情都是这样的。

她把道理说给彭朵朵听，也说给自己听："我们没有权利强制别人喜欢，别人也没有道理强逼我们不喜欢，属于你管不着我，我也管不着你的状态。既然管不着，我们何必为别人的话劳心费神、担惊受怕？"

郭漂亮拍拍袖子，极为淡定地用一种过来人的口吻说："你爱的人坚定地走在自己的道路上，他不活在别人的嘴里，你也用不着因为别人嘴里的他而愤怒。专注自己的喜欢就好，至于别人，你有那么多时间可以为他们浪费吗？"

资深粉丝传道授业解惑完毕，郭漂亮飘飘然地站了起来，感觉自己在彭朵朵的眼里光芒万丈，她忍不住留下最后一句金句："不管发生什么事，贯彻实施这句话你会轻松很多。"郭漂亮冲她一眨眼，说道，"凡事记住'关你什么事，关我什么事'！"

在彭朵朵的笑声里，下课铃响了。

郭漂亮转身看见了拿着自己的包和书籍的冯亚星。她以为冯亚星还在和她冷战，便没想和他说话。谁知冯亚星竟冲她笑了，手伸过来一把抓住了她的手，十指紧扣。

"哎，你干吗？"

冯亚星眯着眼睛朝她笑，拉着她就往教室外走，边走还边说："我牵我女朋友，关你什么事！"

郭漂亮被他怼得呆住了，慌乱地说："这么多人看着呢！他们又要说些有

那朵青春要开花

的没的了。"她边说边挣扎着想甩开冯亚星的手。

郭漂亮在这一瞬间觉得自己很可悲，哪怕她在心里战胜了罗米，却依然觉得自己战胜不了悠悠众口。

冯亚星停下来，搂着郭漂亮的脖子逼她凑近自己，他低下头，嘴唇快要挨到郭漂亮的额头，眼里带着狠戾的神色："他们说什么，关我什么事！"

他都听到了！郭漂亮被冯亚星狠戾的眼神吓住了，耳边回响着冯亚星的两句话："我牵我女朋友，关你什么事！""他们说什么，关我什么事！"她静静地趴在冯亚星怀里，一下憎恨自己胆小，一下害怕自己被冯亚星看穿。

她脑子很乱，原来那句话也可以用在这个地方。

她反复念叨着那句话，原来那句话也适合现在的她。她和冯亚星是什么关系，关别人什么事？他们说些什么，关自己什么事？

冯亚星站在人群散去的楼道里，示意甄钟尔和莫明霞先走。他看着郭漂亮如此老练地教别人、劝导别人，他明白了其实郭漂亮什么道理都懂，只是她迈不开那一步去做。她怕错，更怕摔，她怕会失去更多。

冯亚星下决心要把她点醒："你刚刚不是说得挺好吗？什么'不活在别人的嘴里'，什么'专注自己的喜欢'，什么'何必为别人的话劳心费神'，你自己说得那么顺，怎么就不会这么做呢？"

郭漂亮趴在他怀里，安安静静地听他说，脑子也在飞速运转。她想起自己在网络当中"为爱而战"，还教甄钟尔打开心结，甚至包括刚刚她想明白罗米也只是一个欺软怕硬的人，她到底还在怕些什么呢？

"我看你这句话还得再添两句，'关你什么事，关我什么事，若犯我事，打死处置'。"

冯亚星刚说完，郭漂亮扑哧一声笑了。刚刚沉重的气氛、严肃反省人生的状态全部消散得一干二净。

144

郭漂亮带着鼻音骂他："坏蛋！"

"笑了？"冯亚星搂着她，手在她背上有一下没一下地拍着，安慰道，"我和你在一起，这是我和你的事，别人爱看热闹就看，迟早有一天我要收回份子钱！"

"瞎说什么呢！"郭漂亮给了他一拳。

"我可没瞎说。"冯亚星相当认真地说。他拉开郭漂亮，与她对视，让她看到自己眼里的认真。

"我知道他们都在瞎传你什么，有些话说一万遍他们也会自欺欺人，那我们就做给他们看。他们说你拜金，说你……"说到这里，他顿了一下，那些形容他心爱姑娘的话太难听，他连提到都恨得牙痒痒，"他们认为我俩会分手。我们就偏不，偏要好好在一起。有钱怎么了？我拿一个名次就有奖金，全给你花！"

郭漂亮相当不服气，嘬着嘴道："我难道就没有钱吗？知不知道我的相机多贵！"

"是是是，奖金给你买相机、买镜头！"冯亚星哄着她，看她心情好了才问，"那我们吃饭去？"

郭漂亮撒娇道："你背我！"

"好好好！"

冯亚星转过身在郭漂亮面前蹲下。

郭漂亮看着他宽阔的背，心中泛起柔软。

其实为爱而战也要为她爱的人、为爱她的人、为她爱的自己而战斗。我们活着不是为了不喜欢自己的人，我们不能因为别人的不喜欢而改变自己。忠于自己的感受，不忘初心，方得始终。

她轻轻地趴在冯亚星的背上，任冯亚星将她背起来。他们就这样穿过人

群，越过或熟悉或陌生的人。

　　她想，比起不可知的流言，她更在乎现在。

　　"冯亚星？"

　　"嗯？"

　　"我知道郭漂亮是什么样的人了。"

　　"什么样的？"

　　郭漂亮是特别喜欢你的人。她在心里轻轻地回答。

第八章

"朵朵，谢谢你了！"

郭漂亮的行李箱被塞进彭朵朵寝室的壁柜里，暂时在这儿安家，三人的大麻烦又解决了一个！

很奇怪，没有刻意迎合别人，找人帮忙，她们反而陆续找到了解决办法。

莫明霞拍拍头上的灰，只觉得刘海长了要去剪短。

"谢什么，都是自己人！"

郭漂亮心里一暖。

彭朵朵又颇难为情地对莫明霞说："真不好意思，我们寝室四个人都懒，上面都没清理过，害你落一头灰。"

"不碍事。"莫明霞简短地回答，看见郭漂亮飞过来的眼神，又配合地笑了一下，"呵呵。"

另外两人无奈地一笑，对莫明霞这一点见怪不怪。

"走吧。"弄好了一切，郭漂亮拉着莫明霞回寝室，她随意地问道，"刚刚搬箱子的时候，我发现你那三个行李箱特别重，里面装的什么啊？"

莫明霞飞快地扫了郭漂亮一眼，发现她没露出奇怪的表情，便吐了口气，说道："没什么，就是一些被子。"

郭漂亮得不到想要的答案，就切入了另一个话题："最近江教授怎么没叫你了，他以前不是总找你有事吗？"

第八章

莫明霞在铁门边停下。

她还没找好借口，郭漂亮早已把这个问题抛在脑后了。

莫明霞站在铁门门口，夕阳的余晖从外面的天台斜照过来，她忽然想起最后一次去找江教授也是黄昏，阳光武道馆的孩子们都回家了，古色古香的小院子里夕阳西沉，他靠在红木椅上昏昏欲睡，突然就有了退休老人的疲态。她从不知道这个从开学起就跟她斗智斗勇的老头竟然会露出老态龙钟的模样，他确实是个老人了。

莫明霞当时站在离他几米远的地方，心中惶然。她被江教授折腾，被爷爷打电话督促，一直不胜其烦，等他们突然不烦她了，她反而感觉心里空空的，不知怎么办好了。江教授醒来发现莫明霞站在那儿，眼里顿时透出疲劳和不耐烦，问她还来干吗。她说来当陪练，江教授却说你不乐意就不逼你了，老实做你爹妈的好孩子去吧，以后也别来了。

院子里有棵银杏树，风一吹，黄色的银杏叶子扑簌簌掉落，仿佛打在莫明霞心头，她的手指也跟着颤了颤。

耍把式的爷爷养出了一个耍把式的孙女，儿子、媳妇意见很大，随着爷爷老去却还不自量力，家庭矛盾越来越大……直到有一天爷爷多管闲事被人打断了肋骨，失去自理能力的倔强老头不得不向自己的孩子低头。

从那时候起莫明霞停止了练武，她妈说别耍把式了，你出去学点东西吧。冬练三九夏练三伏的短发女孩这才放下长枪，搬进了A大老四栋的顶楼寝室。

"啊！有鬼啊！"

莫明霞被尖叫声惊醒，她还站在铁门前。她在黑暗里转身朝拐角看去，那里站着三个女孩，似乎是想上天台。

"谁？"莫明霞的声音冷得像结了冰。

那朵青春要开花

"是大侠吗？"那边的人问。没等她回答，那人自己哈哈哈地笑了："蒋笑笑，这是大侠，哪里来的鬼！"原来是513寝室的人。

莫明霞这才发现自己站着站着，天已经黑了，一点昏暗的光恰巧投在她脸上，这才把人吓到了。

"怎么了？"没有郭漂亮和甄钟尔在场，对外接待业务不熟练的莫明霞僵硬地问，"你们上来玩？"

蒋笑笑带着两个室友走过来，推了莫明霞一把，示意她去寝室说。三个客人进了顶楼寝室，自来熟得很，进去就和另外两人打招呼，直言有事相求。

"代寝？"郭漂亮不解地问，"那她人呢，晚上不回来睡了？明天不是还有课吗？""她"指的是蒋笑笑的室友，三班的女生张巧玲，她最近认识了一个美术系的学长，两人你侬我侬傍晚就去约会了，也没告诉室友什么时候回来。室友担心她赶不上查寝，就想提前找个人打好商量帮忙代寝。

"不知道啊，打她手机老说无法接通。"蒋笑笑也相当无奈。她们住在五楼，这栋楼每一层都有人同时查寝，为避免被发现，只好向顶楼三人求助。

"我们需要一个胆大心细、身手敏捷的人来帮我们代寝……"

几个人边说边看向莫明霞。

莫明霞站在床边，一看就明白了几个人什么意思，爽快地点头："没问题。"

这是莫明霞大学生涯的第一次代寝业务，也是顶楼寝室的第一次代寝业务。事关重大，郭漂亮兴致盎然地拒绝了冯亚星煲电话粥的邀请，拉着甄钟尔一起做了一个代寝计划。她们把这次计划命名为——下楼行动第三步。

对此，莫明霞表示："你们好无聊。"

然而，寡不敌众，十点半查寝人员陆续就位，莫明霞坐在513寝室张巧玲的电脑前，穿着与自己风格完全不同的粉红色居家棉袄，额前的刘海扎成一个小辫，脸上贴着一张风靡朋友圈的动物面膜。

离开前，郭漂亮还举着手机对她说："大侠，笑一个！"

莫明霞龇牙："呵呵。"

莫明霞规规矩矩地坐着，对别人的寝室，她有种自己意外入侵的不适感。

寝室里的另外三人相当紧张，明明代寝不是很大的事，但还是容易心跳加速。

莫明霞咳了咳，尽量像郭漂亮那样找话题和她们聊："我这样，真的认不出吗？"莫明霞看着镜子里扎小辫、脸上贴着熊猫面膜的自己，觉得确实有点诡异。

蒋笑笑连连摇头："放心，保证你妈都不认识你！"现在她们也敢和莫明霞开玩笑了。

说话间，查寝的宿管部成员进来了，点了点人头，大概是没料到有人会这么大胆，贴张面膜就代寝，只是扫了一眼就写了"全齐"。

蒋笑笑把人送出去，又跟着查寝的人进了下一间寝室，装作去闲聊的样子，实际上是为了把人拖住。

整个寝室的气氛一下子紧张起来，两个女孩一个把风，一个拿着"道具"催促莫明霞："快，快！"

莫明霞把粉色居家棉袄一脱，一把撸掉头上扎的小辫，把面膜揭下来往垃圾桶里一扔，接过女孩拿着的风衣相当帅气地往后一甩，穿上，甩了甩头发，往穿衣镜里看：这才像她嘛！

"愣着干什么？开门望风啊！"关键时刻，两个女孩掉链子了，呆呆地看

着莫明霞，搞得莫明霞都急了，直接上手抢过女孩手里的桶子。

两个女孩这才反应过来，胡乱点着头，看到走廊没人，便把莫明霞放了出去。

莫明霞高度专注于代寝业务，也就没注意到两个女孩在她离开后花痴地喊着："好帅啊！"

这个时候要是来一点紧张的音乐，简直就是谍战大片了！莫明霞甩着头，被面膜沾湿的头发一缕一缕地搭在额前，一身卡其色风衣，手里提着一桶刚洗好的衣服——哪怕是洗衣服，她看起来也冷酷又俊俏，英气十足。

没走多远，查寝人员从某一间寝室出来，莫明霞面不改色地与她们擦肩而过，在蒋笑笑装模作样地问她"洗衣服啊"时，还煞有介事地回了一声"嗯"。

把查寝的人送走，513寝室的三个女生直奔顶楼庆祝。郭漂亮拿出自己的迷你音响开始放音乐，甄钟尔贡献出她的薯片和可乐，一群人嘻嘻哈哈玩到半夜。

快要散场时，一个意外的电话打来了。

郭漂亮赶忙将音乐关掉，示意其他人安静。她原本想吓唬一下张巧玲，告诉她代寝失败了，结果刚开免提就听到了那边的哭声。

"救命！"

屋子里的人都惊疑不定，郭漂亮第一个收起吃惊的情绪，急忙问道："怎么了？你在哪儿？"

"我被他反锁在画室里了，我这里没有信号，把手机伸到窗外才给你们打的电话……"张巧玲在那边抽噎，"我不知道他是怎么回事，他把我反锁在这里了，一觉醒来就只有我一个人在这儿，我好害怕……"

第八章

屋子里顿时乱糟糟的，有人提议给那个男生打电话，但电话拨过去始终无人接听。有人提议马上赶过去找她，可是寝室楼的大门已经锁了，她们出不去也不能出去，一旦要强行出去，势必会惊动楼管阿姨。有人干脆说马上打电话给辅导员，却遭到了张巧玲的极力反对，她只是想谈个恋爱，不是想把自己变成丑闻主角。

顶楼的三个人安静了下来，她们明白张巧玲的想法。画室是一个说起来还算正常的约会场所，但时间一旦变成深夜，那故事的主人翁就说不清楚了。

"还管什么新闻丑闻的，万一那个学长是个变态呢？你总不希望自己明天一早变成A大杀人案主角吧？命重要还是脸重要？"蒋笑笑狠狠地骂她，拿起手机就准备打电话。

张巧玲却在那头又哭又闹，死活不肯把事情闹大。

一直默不作声的莫明霞忽然站了起来，对着乱成一团的几个女孩说："我去找她。"

"大侠，你说什么？寝室门都关了，你怎么找？"郭漂亮隐约猜到了她要干吗，"那样太危险了！"

可是这个时候，莫明霞顾不得危不危险了！她拿出一捆安全绳，又将她那几个硕大的箱子拖到寝室正中间，摊在地上一个一个打开。

在场的所有人瞠目结舌，发出惊讶的抽气声。

郭漂亮原来一直想知道莫明霞的箱子里到底装着什么，此时看到，她才明白这些箱子重得理所应当！这些箱子里用海绵固定住的竟然是一把把说不清名字、讲不出形状的刀和剑！

冷兵器泛着幽幽的寒光，将莫明霞的脸衬得越发冷峻。她将一把厚重的大刀拿了出来，然后草草将其他箱子关上。她拎着那把大刀站起来，目光从每一

那朵青春要开花

个人的脸上扫过，让人忍不住打一个哆嗦。

她在重蹈覆辙，但她顾不得那么多了。

"手机给我。"

郭漂亮毕恭毕敬地把手机递到她手里，一屋子人现在相当统一：都听莫明霞的吩咐！

莫明霞接过手机，打断了张巧玲的哭泣："你在哪儿？哪一栋哪一楼？"

她得知张巧玲的具体位置后，告诉张巧玲自己十五分钟后到。

郭漂亮质疑道："你怎么出寝室？"

莫明霞向她扬了扬手里的安全绳，然后吩咐道："漂亮，你拿着手机和张巧玲保持联系，我出去后会告诉你我的进度。钟尔，你和笑笑一起帮我在二楼望风。我从二楼的消防窗那边下去，不是很高，带着绳子应该没问题！"

甄钟尔有些害怕地抓住莫明霞的衣袖："别！"

"放心吧，没事的。"莫明霞安抚她。

此时张巧玲什么话也听不进去，哭着喊着让莫明霞去救她。

算不上骑虎难下，莫明霞反倒体会出一点爷爷常说的感受来。她总也忘不了冬三九夏三伏，一个非常有精气神的糟老头在她耳边念叨："我原本想给你取名叫'明侠'，侠义的侠，你爸非说不行，说女孩子怎么能叫这种名字。侠不好吗？有能力的人用自身力量帮助别人，这叫侠肝义胆！"

十几年来，那个糟老头在家人眼里一直是个糟糕的人，他的侠义在家人眼里是惹是生非，是多管闲事，当然他确实给家庭添上了些负担和麻烦。但他十几年如一日地把"侠"的精髓灌注进莫明霞的骨血里，让她早已成了像他那样的人。

莫明霞将安全绳牢牢绑在楼梯的栏杆上，将剩余的绳子扔出窗外，抛下

154

楼。甄钟尔不放心地检查了又检查。莫明霞揉了揉甄钟尔的头发，对着担忧的甄钟尔说："放心吧，我可是大侠！"

说完这句话，她便爬上了消防窗，翻到寝室楼外围，拽着绳子一点点将自己降下去。

出了寝室楼，她拿着手机照明，找到自己刚刚扔下来的刀。她拿着刀，冲楼上探头探脑的甄钟尔挥挥手，便潇洒地离去。

有人说天塌下来有个高的顶着，在莫明霞爷爷眼里，他就是那个个高的人。他常说习武是为了强身健体，等能力达到一定境界的时候，就有义务去做那些在家人眼里是多管闲事的事。

然而莫明霞的父母并不明白这些，妈妈甚至觉得耍把式就是街头卖艺，哪怕是江教授介绍的各种赛事，她也觉得那是打打杀杀。那是莽汉做的事，女孩子还是要多读点书。她总爱这么说。

莫明霞被她耳提面命，也会跟着点头说知道。她有时候觉得自己是被割裂的，到底哪一部分才是自己真实的心意，到底和谁说的才是自己的心里话，她也搞不明白。她唯一明白的是，此刻，她拿着这把刀可以解救一个被困的女孩。

美术楼并没有人守着，却也不能弄出太大的动静。莫明霞按照张巧玲说的，找到了她所在的那间画室。

"你别急！"莫明霞安慰在窗边死命把手机递出去接收信号的张巧玲，"我把门砸开。"

还好不是防盗门，只是一扇木门，门上挂着一把老式的挂锁。

莫明霞拿刀磕了几下，"哐当"一声，挂锁掉了。

莫明霞安慰道："出来吧，没事了！"

那朵青春要开花

张巧玲冲出来，下意识地想要拥抱莫明霞，但看到莫明霞手里的刀时，又硬生生地止住了脚步："那，那什么，谢谢啊。我，我们回去吧！"张巧玲看着莫明霞手里的刀有些犯怵，但之前的经历更让她恐慌，她紧紧靠在莫明霞身边，慌乱地向她道谢，"谢谢你来救我。我真的很害怕，万一被笑笑那个乌鸦嘴说中了，我可怎么办啊……"

"不会的。"莫明霞看到了张巧玲惧怕的眼神，但仍然尽职尽责地安慰她。莫明霞带着她往寝室楼走，想借着安全绳回到寝室。

张巧玲一听要爬上去就打退堂鼓了："我还是算了吧，就我这小脑不协调的样子，压根爬不上去啊。"

莫明霞想让她相信自己，劝说道："没事的，有绳子，而且我也可以……"

张巧玲连连摆手："别别别，我还是找个酒店凑合一晚上，明天再去上课好了。"

说完，她就拿起手机给自己的室友打电话报平安，又说她今晚住酒店。挂了电话，她还邀请莫明霞一起："你也别爬了，大半夜的那么黑，万一摔着就不好了。再说万一被别人看到当作贼怎么办？"

莫明霞不以为意，她对自己的身手相当有信心："我刚刚就是那样下来的。没关系，你要住酒店你就先走吧，我室友她们还在等我。"

有人在等她，这是种新鲜又得意的体验。想到楼上还有两个人在等着她，这种前所未有的喜悦让她鲜活起来。她看起来与之前并无不同，心里却装着一个开满花的春天。

"那行吧，那我先走了。"张巧玲说完就离开了。

莫明霞挥手道别。她看着张巧玲走远，心中有种澎湃的满足感。侠，明

侠，她也觉得"侠"字更适合自己。她想着正在楼上等她的室友，平日被说成"生人勿近"的她，今天眼角眉梢都带着笑意，像是解冻了的河流，两岸长出生机勃勃的翠绿，那翠绿充满了柔软，就像她此刻的内心。

郭漂亮打了个电话过来，莫明霞拿起手机准备接电话，此时刚刚还显示电量有12%的手机发出两声抗议，屏幕一闪就没电关机了。她想着反正快到了，也就没管了。

回到老四栋楼下，大多数寝室都熄灯睡觉了，莫明霞大步走到刚刚爬下来的窗户下方，冲着上面小声喊："钟尔，我回来了，快把绳子放下来。"

楼上黑洞洞的窗口里出现一个脑袋，冲她摇头又点头。

她觉得好笑，压根没弄明白甄钟尔的意思。

然后一件黑色的物体被扔出窗外，莫明霞正不解的时候，楼上的人恶狠狠地说："拿着你的东西滚！"

这是怎么了？

河水开始倒流，春意快速消融。

"滚啊！听不懂啊？再不滚我们就报警了！"甄钟尔站在窗口，顺畅地吐露恶意，"别在这儿讨人嫌了，你难道不知道你有多惹人嫌吗？别再纠缠了！"

莫明霞呆呆地在原地站了三秒，感觉仿佛过去了半个世纪。她想附近是否有个人在监视着自己，那个人像是作者又像真人秀导演，躲在监控器背后，一见你高兴就给你来点难堪。

她上一次以为一切有机会可以重新开始，她来到新环境，被一个热络的小姑娘接待，小姑娘叫刘茜茹。两人都是第一次离家、第一次住寝室，两人提前三天来报到。三天里刘茜茹像是莫明霞的小尾巴，有点任性却又爱依赖莫明霞。

那朵青春要开花

    莫明霞想如果自己不对弱小者的求助抱有责任心的话，这一切都不会改变。

    军训后一个周末的傍晚，莫明霞与刘茜茹去江边散步，小偷摸走了刘茜茹的手机。正义感爆棚的她追出了三条街，把小偷堵在了巷子里。她夺回了手机，小偷拿出了小刀。就在刘茜茹带着人赶到的时候，她把小刀夺了过来。一辆车恰好开过，车灯把一切投影在墙壁上，墙壁上巨大的影子手里握着小刀，小偷捂着伤口歪歪斜斜，一切显得静谧又可怖。

    她把手机还给刘茜茹的那一刻，刘茜茹的眼神变了。

    ……

    "滚啊，听没听到啊！"

    莫明霞死命睁大眼睛，想看看甄钟尔的眼神是不是变了。可是天太黑，窗口就像一个黑洞，它吸收一切，只透出甄钟尔带着恐慌和惧怕的声音："你滚开啊，变态！"

    变态？

    看不见甄钟尔的眼睛，莫明霞闭上眼睛放弃了。

    她想原来钟尔可以这样顺畅地说出长句子，她想自己还是被人讨厌了，在自以为是的正义感爆棚之后，在爷爷说的行侠仗义之后。

    她仰着头看着黑洞洞的窗口，想问一句为什么，又把一切疑问和愤怒吞下，电影台词都说"分手后死缠着问为什么就太难看了"。

    莫明霞难过地弯下腰。没有光，她摸索着寻找被扔下来的安全绳。温热的泪珠滴在她的手背上，微小的光芒从她手背上滑过，然后掉入草丛无处可寻。

    她就这样带着受伤的心站起来，背影坚毅地离开。

    更深露重，水汽凝结在她的睫毛上，微微发光。她想她是被人赶出来了，

就像糟老头爷爷一样。

他坚持的东西毫无意义，所谓侠义、所谓帮助，不过是满足了自己一时的虚荣，他们最终还是会被人放弃。路见不平换来事后挨闷棍，行侠仗义换来无处可去。

她记得有一次爷爷抓小偷，结果事主偷偷跑掉，爷爷被小偷倒打一耙，好事没做成反而赔了小偷一笔医药费。

家里从不和睦，父母对爷爷的行为充满怨愤，当他变成一个不能自理的糟老头，他们也没有忘记数落爷爷带来的麻烦。

妈妈说女孩子还是要多读点书，爸爸说老东西你安分点，家里没钱给你赔。世上的人都说这样不对，所以，爷爷，你原谅你的"明侠"要当缩头乌龟。

莫明霞缩缩肩膀，她打算找个地方睡觉。她顺着路灯往校外走。

从寝室楼到出校门的这一段路太漫长，莫明霞没想到短短两个月时间竟然在这条路上留下了不少回忆。

她像只丧家犬一样来到学校附近的旅店，刚想跟前台开口问能不能用微信支付房费，就想起静静地躺在衣兜里的手机已经没电了。她谢过热心的前台，推开玻璃门走出来，茫然地抬头看天。天不知道什么时候才能泛白，此刻她像是永坠在黑夜里一样。

第二天早上有课，大课，莫明霞踩着铃声进教室，目光一扫就看到513寝室的人和郭漂亮、甄钟尔坐在一起，非常和谐地嵌入这个班集体。她扫了她们一眼，当她们快要注意到她的时候，她又将目光转向了第一排。

莫明霞昨晚是在网吧里对付了一晚，她很庆幸开学时被人忽悠，在学校对面的网吧开了会员还充了不少钱，昨晚才不至于流离失所。

那朵青春要开花

第一节课过去了，下课铃响时，她抢在老师前面出了教室门，直到上课铃响起才匆匆赶回来。她矛盾地一边期待着她们会来道歉，一边又维持着自己的自尊。

第二个课间的时候，她故技重演，后面坐着的人却按捺不住了。第三节课的时候，一张字条越过千山万水传到了莫明霞旁边。第一排认真听课做笔记的学霸将字条推过去："喏，你的。"

她不打算打开看。

第二张小字条又越过重重障碍，被学霸推过去："还是你的。"

直到第三张的时候，学霸不耐烦了："传什么字条，小学生啊！"

教授咳嗽一声，给了学霸一个警告的眼神。

学霸偃旗息鼓，不耐烦地把字条往莫明霞那边推。学霸第四次被人戳后背时，终于忍不住了，掏出手机，解锁，把手机扔到莫明霞怀里："发消息解决，别搞得别人不安生。"

熟悉的词语让莫明霞有了反应，不安生，这个形容爷爷的词终于也被用来形容她了。

她拘谨地把手机推回去，说："谢谢，不用了。"

她站起来，向教授打报告："老师，我肚子疼，去下厕所。"

教授看莫明霞小动作不断早就烦了，但他压根不愿意跟这种不带书来教室的人废话，一摆手说道："去吧。"

谁知这话一出，又有两个人站了起来："老师，我们也想去厕所。"不等教授同意，她们就追着莫明霞离开了。

"大侠，大侠，你怎么了？生什么气啊！"

郭漂亮在她屁股后面追，她心里气得发笑。

"大侠！"甄钟尔飞快地跑过去，一把箍住莫明霞，"大侠，不，不要生气。"

莫明霞反应激烈地推开她，厉声说道："别碰我！"现在说话怎么又不顺畅了呢？要道歉就说话不顺畅了？

郭漂亮呆住了，尴尬地问："大侠，你怎么了，你怎么生气了？"

被叫变态，被勒令滚开，还不能生气了？莫明霞冷着脸看着她们，特别想把火气撒出来，想叫她们滚。她们怎么可以那样对她！

"你昨晚去哪儿了啊？我们在窗口叫了你好久，电话也打不通。"

甄钟尔一口气说完一长串话，委屈地嘟着嘴巴，让莫明霞以为昨晚发生的一切是自己在做梦。但怎么可能呢？

莫明霞气闷地开口："不是你喊我滚吗？假惺惺的干什么！"

郭漂亮从一头雾水到恍然大悟，她捂着嘴巴笑："大侠，你是不是没看到我给你发的短信？"

"什么东西？"莫明霞掏出手机，把黑色屏幕亮给她们看，"早就没电了。"

郭漂亮一拍巴掌，说道："我说呢，这是个误会啊！"

郭漂亮向她解释："昨晚有人发现了我们的动静，还打电话给楼管阿姨说有人要爬进来。楼管阿姨就找到二楼来了。你到楼下的时候，楼管阿姨正好要过来看，幸亏钟尔灵机一动，说楼下的人是她前男友，分手了还纠缠不休，然后就开口骂你让你走……"郭漂亮哭笑不得地把昨晚楼上的情况说出来，"要不是刚好二楼楼梯间的灯泡坏了，昏暗中楼管阿姨看到你留短发个子又那么高没起疑，我们就露馅了。"

一个楼上一个楼下，又一片漆黑，就这样一个明明不会产生的误会让莫明

霞流落街头，自怨自艾。

莫明霞摸着后脑勺，脸上一片赧然。她怎么就想了那么多呢？想起昨晚自己痛不欲生，今天还闹别扭，她捂着脸觉得丢人。

莫明霞的脸烧得通红，她恨不得挖个坑把自己埋进去。

她拿着手机假装看时间，一本正经地转移话题："这节课没多久了，我们吃饭去吧！"

"大侠……"

莫明霞急忙打断："今天吃什么？好像有家荷香饭开张，我们去吃吧。"

郭漂亮一脸坏笑："大侠，你是不是……"

莫明霞再度打断："快走吧，新店开张说不定很火爆，赶紧去占座。"

"大侠，别装了。"郭漂亮轻佻地勾着莫明霞的脖子，"说说呀，你昨晚是不是躲在哪个旅店里偷偷哭泣啊？是不是觉得被我们抛弃了，幼小的心灵十分受伤呀？"

莫明霞沉默不语，郭漂亮却捧着她的脸让她与自己对视。郭漂亮组织语言想说一些冠冕堂皇的话，十秒过后，她紧紧地抱住了莫明霞："昨晚的情况我很抱歉，我不知道会让你……大侠，我希望你能明白，我们三个人在未来的几年时光里相互之间都是不可或缺的。我不知道你有怎样的心结，但只要你想说，我和钟尔任何时候都在。"

刘茜茹的手机被追了回来，但她怎么也不愿意去派出所录口供。帮忙的路人都劝她不要放虎归山，她却觉得手机追回来了，没有什么损失，那就算了。

那小偷见她如此胆小，便又嚣张起来，指着被划伤的一道口子，叫嚣着让莫明霞赔医药费。

第八章

刘茜茹六神无主。莫明霞虽然身手敏捷，也不过是个刚离开家来外地上大学的姑娘，阅历尚浅，也被嚣张的小偷吓得够呛，只是她脸上并没显露出来。刘茜茹担心莫明霞会没完没了，硬要把小偷送去派出所。

最后两人能脱身，得益于路人的帮忙，他们吓唬小偷说如果一定要让莫明霞赔医药费，就立马把他送到派出所。这样两人才平安无事地回到寝室。

但第二天，莫明霞听到刘茜茹和另外的室友说她多管闲事。那位室友持公正的态度，但才说了一句，刘茜茹便转移话题说莫明霞把刀刺向小偷时面不改色、模样狠戾。那个室友是个公道人，她本来是不相信的，后来看到眼睛血红的莫明霞拿水果刀指着刘茜茹。自此风向全变了……

"刘茜茹怎么能那样？"听完这些，甄钟尔挥舞着鸡腿，愤愤不平地说。

郭漂亮冷笑一声，扔下手里的骨头，说道："她是怕那笔医药费算到她头上！你们想想，大侠是帮她抓小偷，如果要赔医药费，她怎么也不能袖手旁观，毕竟大侠是为了帮她！她就是不希望小偷追究医药费，才不去派出所的！"

甄钟尔道一声"有道理"，又问："那她为什么要把大侠形容得如此可怕？"

郭漂亮摊手，讥讽道："她不想让人觉察出她的意图，所以她在得不到别人支持的时候，几次三番修正自己的言论，只为了向外人证明自己说的是对的，让别人相信自己，然后再催眠自己说'我没做错'。"

"可是她没想过大侠……"甄钟尔说到一半就停住了，偷偷看莫明霞的表情。

然而，莫明霞只是潇洒地对她一笑，说道："我没什么事啊，已经过去很久了。"

郭漂亮却抨击道："要是过去了，你昨天晚上也就不会胡思乱想那么多了。我告诉你，世界上没有那么多的白眼狼，刘茜茹那种人有，但绝对不多，你做了这些，513寝室的人只会感谢你，才不会那样狼心狗肺、胡编乱造！"

一个月前，郭漂亮绝对想不到自己也会这样义无反顾地相信别人。

然而莫明霞听了这些，只是应和地笑了笑："就算别人害怕我，我不是还有你们吗？"

"砰砰！"郭漂亮和甄钟尔二人捂着胸口倒在桌子上，莫明霞怎么会有这么会说话的一天！

刚说到513寝室，513寝室的人便出现在饭店门口。

郭漂亮向她们打招呼，叫她们进来用餐。而513寝室的人却像没看见她们一样，仓惶地左顾右盼。昨天晚上被搭救的张巧玲一不小心看到了莫明霞，脸色立马白得跟纸一样。随后，一群人惶惶不安地离开了。

这转变惊得郭漂亮张大嘴巴半天没回过神来。

"狼心狗肺！"郭漂亮忍不住骂了一句，"昨天还求助呢，今天就过河拆桥了！"

"也许是没看到我们呢……"甄钟尔忍不住为自己的新朋友辩白，但看了看莫明霞云淡风轻的脸，就把剩下的话吞进了肚子。

"你打个电话给她们！"郭漂亮不甘心地说道。

莫明霞给她夹了一只鸡腿，满不在乎地安慰她："算了吧！多一两个人怕我也没什么，债多不愁。"

郭漂亮受不了，刚刚她还义无反顾地相信她们。

"不行。"她风风火火地说道，"钟尔，打电话，快点！"

甄钟尔挨个打电话，又可怜兮兮地说："都没人接听。"

第八章

"浑蛋！"郭漂亮不相信一夜之间她们竟然转变了态度。她拿起手机翻找起来，一看不得了："哪个家伙发出去的！"

微信里，A大大一新生群、社团群都在转发、谈论几张截图，原图被删了，只有聊天记录被人传了出来。聊天记录里的小图上显示着A大整齐划一的装修风格，寝室里三个箱子被摊在地上打开，箱子里的兵器在灯光下闪着冷光。

就在这时，坐在她们后面一桌的人炸开了锅。

"看到没，简直带了兵器库来上学啊！太厉害了！"

"厉害什么啊，这种事难道不应该打电话给学校保卫处吗？带这些来上学，谁知道是不是有暴力倾向啊！"

"什么意思？"

"也就你们这种心大的觉得好玩、厉害。跟这种人住一个寝室，要是活到现在，都得跪谢其不杀之恩！"

郭漂亮把刚咬了一口的鸡腿一甩，站起来就准备发威。

莫明霞连忙把她按住："吃饭，吃饭！"

"你干吗呀？"郭漂亮想劝莫明霞不要那么怕事，她想告诉莫明霞跨出这一步没那么难。她从前觉得人言可畏，觉得流言蜚语能把她压死，可当她跨出这一步，她才知道，流言传播者都是纸老虎！

但这一切，莫明霞不知道，她还没有那个胆子去实践。她选择退让："微信里也没指名道姓，他们现在只是惊讶，连是真是假都不敢确定。我们要是咋咋呼呼蹦出去，人家不就知道那些东西是我的了吗？"

郭漂亮知道她说得对，却怎么也不甘心。她一边愤愤地咬着鸡腿，一边胡思乱想，竟还真想通了一点。

那朵青春要开花

"大侠，你是不是因为这个才不肯去参加大学生运动会的？"

莫明霞彻底呆住了。

郭漂亮一看她这脸色就知道自己猜对了，急忙问："为什么啊？为什么不去啊？"

"什么？"甄钟尔一脸茫然。

"大侠原本可以参加大学生运动会的。"郭漂亮白了她一眼，又说，"钟尔不知道，是我自己瞎猜的，而且冯亚星给我看过你以前比赛的照片。我想，除了这件事，也没有别的事能让江教授一直找你了。"

话说到这个份儿上，莫明霞也只能承认了："他是找过我，但我没答应。"

郭漂亮急急地追问："为什么？"

"没有为什么，我家人不希望我去。"莫明霞说完，便低头找餐巾纸擦嘴，看到郭漂亮还想说话，就拿了一张纸，直接按在了她的嘴巴上。

然而堵住了这个却没堵住那个，甄钟尔缓慢地开口："难道你不想'为爱而战'吗？"

莫明霞苦涩地笑了笑，坦然地说道："大概因为算不上爱吧。"

"不爱的话，为什么还要坚持呢？"甄钟尔像个小朋友似的追问。

"因为……"莫明霞随便找了个理由，"因为习惯了。"

第九章

二一

一

那朵青春要开花

　　莫明霞做了一个梦，梦里郭漂亮问她是不是因为不想别人害怕她，所以才不肯去参加大学生运动会。她没回答，转眼就看见了躺在病床上无人照看的爷爷。发黑的白色蚊帐悬挂在老式木床上，爷爷咳嗽着，蚊帐内影影绰绰显出他老态的样子。妈妈的声音出现在她的耳边，抛开了委婉，直白地说："你看那老东西，横了一辈子，临了就是这个样子。你要是去要把式，以后就跟他一样，我和你爸爸绝对不会管你。"

　　"大侠，你是不是因为这个才不肯去参加大学生运动会的？"

　　郭漂亮又在她耳边问，她的脑子嗡嗡地响，仿佛要大喊出来才能驱散心里的彷徨。

　　"不是！"

　　她猛地动了一下，终于从梦魇中挣扎出来。

　　郭漂亮站在床边问她："大侠，你刚刚在跟我说话？"

　　原来梦里的大声呼喊，在现实里微小得听不到。莫明霞想坐却坐不起来，她看到郭漂亮在床边露出一个脑袋，问她："大侠，你是不是因为这个才不肯去参加大学生运动会的？"

　　莫明霞惊恐地往后缩，场景一下变成了阳光武道馆，原来还在梦里。她诧异地看到江教授躺在靠椅上。江教授一见她，便怒道："你参加比赛拿回来的是你的荣耀，你父母高兴还来不及呢，你说你怕什么？"

第九章

莫明霞跟着江教授的问话，呆呆地问自己，怕什么呢？然后眼前闪现许多张惧怕的脸，刘茜茹、张巧玲、隔壁小学的小胖子、被邻居叫走的小女孩……他们的脸各不相同，眼睛里的惧怕却如出一辙。

莫明霞头疼地抱着脑袋，躺在靠椅上的江教授一下变成了病床上行动不便的爷爷，爷爷咳嗽两声，眼角流出浑浊而悔恨的泪，再一看，躺着的人变成了她自己……

"啊！"

莫明霞挣扎着从梦里醒来，看到郭漂亮站在床边跟她说话，她甩了甩脑袋，耳鸣的感觉才渐渐退去，这才彻底醒来。

"怎么了？"

她听见郭漂亮问，便含含糊糊地回答："没什么，做梦了。"

郭漂亮催促她："快起来吧，早上有两节选修课。"

周六早上的选修课开课了，一学期两个学分，没修完就得在其他地方找补。报课的时候三人特意选了容易过又不是主流的选修课，所以来到教室时并没有遇见什么熟悉的人。

老师也知道来的人都是混学分的，讲了十分钟规矩，上了一节课，第二节课就开始放视频了。教室里人不多也都很安静，老师便放心地离开了。

莫明霞一上午都沉浸在那个梦里，过得浑浑噩噩，别人和她说什么，她都答非所问。突然间，她发现前排所有人都回过头来。她绷紧神经查看问题源头，却见甄钟尔趴在一个女生肩头，在女生耳边窃窃私语。女生瑟瑟发抖，想要逃离又被甄钟尔拉回来。

"怎么了？"

莫明霞不明所以，她想上前把两人分开，却被郭漂亮抓住了，郭漂亮满不

在乎地安慰她："看戏就好。"

"这到底是怎么了？"莫明霞追问。

郭漂亮梳了梳豆苗的头发，轻描淡写地说："造谣被抓了个正着。"

十五分钟前，和甄钟尔她们隔着一条过道的一群女生在闲聊，几人百般无聊地讲起了鬼故事，无非是学校旧址是坟场、科学楼曾有学姐自杀这些有点影子但又没实据的事。

说到一半，忽然有人说她知道一件撞邪的真事。女主人公是她们村的，撞过邪，五岁开始说胡话，拿着一只脑袋都快掉了的人偶娃娃玩家家酒。她不懂事的时候还曾经去找那个小女孩玩。她故作神秘地说："我问她'你家里还有别人吗'，那小女孩站在窗子下面，指着后面跟我说'豆豆在那里'，我问她'豆豆是谁'，她举着那个脑袋快掉了的娃娃说'豆豆就是它哥哥啊'！"

听到这里，同伴都笑她，说她胆小。

她一本正经地打断同伴："你知道小孩对着空气说话多吓人吗？后来她真疯了，有一天她们家大闹了一场，小孩就被车子接走了。她爸妈说是去治病，但治病哪有亲爹妈自己不跟去的，所以我们村的人都说那小孩不是被卖了，就是……"

"那怎么了？说不定真的去治病了。"同伴持不同意见。

她却不乐意故事这样结尾："可我在学校看见她了。"她一副不可深谈的模样，神秘地说，"就是老四栋顶楼那个抱娃娃的……"

同伴被这个意外的结尾说服了，惊恐地说："老四栋那个怪胎？那还真有可能是因为撞邪了才喜欢抱着那些娃娃的！"

她正要再编造点细节来说，肩膀突然被人箍住了，一个鬼魅似的声音在她耳边说道："其实你知道的并不是全部。"她想发脾气，却被人压住。

第九章

那声音继续说："你刚刚说的是我，但又不是我。"甄钟尔幽幽地注视着这位老乡，轻声说，"你知道我离开村里很多年了，也知道我再也没有回去过，那你知道我这些年在哪儿吗？"

"你……你不要装神弄鬼，你走开！"老乡意识到这就是自己刚刚谈论的人。

"我撞过邪啊，你不记得了吗？这可是你自己说的。"甄钟尔在她耳边轻笑，又突然用痛苦的声音说，"我过得好痛苦啊，你来陪我啊！"

老乡一把推开甄钟尔，又惊又怕地喊道："你走开，你有病吧！"她的同伴也一起站起来，用忌惮的眼神看着甄钟尔。

"哈哈哈……"甄钟尔张狂地笑着，笑到一半突然停下，眼睛一眨不眨地盯着老乡，"你怕我？"

莫明霞看不过去了，对郭漂亮说："你怎么任由她胡来？"

郭漂亮说她咸吃萝卜淡操心，还把她拦住："放心吧，她有分寸。再说了，天道轮回，报应不爽，那个人既然喜欢背着人家说坏话，就得有被人找上门来的准备，嘴欠就该收拾！"

莫明霞的脸几乎变了一个色，她惊讶地看着郭漂亮："你们觉得这么做对？"

"难道不对？"郭漂亮白了她一眼。

"你有病啊！"老乡绷着神经，已是强弩之末，脸上惶惶然一片苍白，说不好什么时候就要被吓晕。

莫明霞不想这场闹剧闹大，便挣开郭漂亮，上前阻止："好了，钟尔，到此为止吧！"

甄钟尔压根没理她，咯咯地笑，说道："大侠，你看，她们也怕我呢！"

莫明霞被她的话刺得太阳穴突突地跳。

"你到底是怕我呢，还是怕我听到你在讲我坏话呢？"甄钟尔双臂环胸站稳，盯着如临大敌的老乡，不屑地冷笑，"你看你，编派别人不觉得羞耻，反而被自己杜撰的内容吓得要死。"

莫明霞以为甄钟尔冷静下来了，却又见她倾身上前，凑到老乡面前，神神道道地指着郭漂亮说："你得罪我的话，我的朋友可是不会放过你的哦！"

老乡顺着她的手看过去，她指的是郭漂亮，可那老乡心虚，以为她指的是郭漂亮怀里的娃娃，立马吓得浑身都抖了起来。

"别闹了，再闹就过了！"莫明霞看着周围越来越多的探究的目光，忍不住抓住了甄钟尔的胳膊。

甄钟尔像拧错发条一样，扭转脑袋看着她："过了？我过了？"

郭漂亮见情况不对想劝架，却挡不住莫明霞嘴快："你何必为了吓唬她们，把自己弄成异端呢？到时候三人成虎，所有人都会怕你！"

"能不怕吗？我可不想什么时候就被人用水果刀抵住脖子！"一个人发出一声轻笑，像是知道莫明霞底细的样子，"我以为是哪里来的怪胎？原来是顶楼怪胎集合地来的！"

甄钟尔被这话刺激了，朝着那人龇牙笑，转头又靠近莫明霞，诱惑道："信不信你一个眼神就能让她闭嘴？"

莫明霞骇然，犹豫着不再张嘴说话。

那个"深知"莫明霞底细的人招架不住别人的好奇，仗着人多开始科普起"人形兵器"的故事来。

甄钟尔抓着莫明霞的胳膊，执拗地逼她看那些造谣生事的人："为什么不能吓唬她们？是我故意要吓唬她们吗？为什么不能吓唬她们？"甄钟尔想说

第九章

"大侠，你看这些人，你不主动招惹，她们一样要来招惹你，为什么不吓唬她们呢"！

莫明霞装作看不懂甄钟尔意思的样子，甄钟尔无趣地摇头，对那个知道莫明霞底细的女孩说："怪胎就是不按常理出牌的人，所以你希望我怎么对待你呢？"

那女孩还没说话，莫明霞便难以忍耐地吼道："够了！"她不想再让自己的"威名"如传言般坐实，原来寝室的人怕她，513寝室的人怕她，那些不认识的人也怕她，她不想把自己变成一个异端！

"够了？你的意思是要我像你一样？"甄钟尔冷静地看着她，吐词清楚，眼神犀利，"怕别人害怕自己，就干脆把自己变成废物？"

郭漂亮喝止她："钟尔，你说什么呢！想清楚再说话！"

和别人吵架没必要伤及自己人吧？郭漂亮想。

甄钟尔深深地看了她们一眼，不甘心，却什么都没再说，撇下吵架的对象和自己的室友，头一扭跑了出去。

"钟尔！"郭漂亮在后面喊，又顾及一边的莫明霞，焦急地回头看她，发现她也处于愣怔中。

莫明霞傻站在原地，甄钟尔的嘲讽戳到了她的心尖上。

"像你这样把自己变成废物吗？"

她是个废物吗？

江教授也好，爷爷也好，叹息着却没说出口的话，其实就是这句吧——莫明霞，你是个废物！

"莫明霞，我真的生气了！"郭漂亮第一次连名带姓地叫她，"你到底跟那帮人是一边的，还是跟我们是一边的？你知道她们刚刚说了钟尔什么吗？"

什么？在她发呆的时候，她错过了什么吗？

莫明霞这才意识到甄钟尔动怒的严重性，钟尔并不是一个鲁莽冲动的人，如果不是把她逼急了，她怎么会这么反常？

郭漂亮严肃地看着她："我现在出去找钟尔，你去不去？"

找到甄钟尔的时候，莫明霞当即说了声抱歉。

甄钟尔却对此不甚在意，她扯了一根枯草在手里把玩，说："是真的，她说的话。"她思考了很久都没有开口说下一句，她的两位同伴安静地坐在她的身边。

下课铃响了，吃饭的人嬉笑打闹着离开，整个草坪安静了又热闹，热闹了又安静。

等人群都散尽了，甄钟尔才望着远方开口说："被爸妈疼爱是什么感觉？"她问，却不需要任何人回答，"她们都是父母疼爱的孩子，你们也是。但我一直以为小孩都是爸爸妈妈养的一条狗。直到哥哥把我带回家，我才知道不是。"

春种秋收，农忙的时候那对父母嫌甄钟尔碍事，把她锁在家里，农闲的时候他们觉得甄钟尔耽误他们打牌，就找根链子把她拴在门口。他们最想干的事是不用干活天天打牌，他们从没思考过自己的人生，更别提负担一个小孩的人生。

那时甄钟尔唯一的伙伴是堂哥过年给她带回来的一只娃娃，那娃娃后来被狗叼走，她不要命地从狗嘴里抢回了娃娃，可娃娃的头都快掉了。也不是没有人同情她，只是没人会长时间地把怜悯放在一个自言自语不懂回答的小孩身上。于是邻里开始躲着她，他们告诉自己的小孩说她撞了邪，又说她得了精神病。

第九章

　　她其实是感谢他们的，如果不是这些嘴碎的邻居，那大伯也就不会知道她在农村老家的生活状况，也就没人知道她曾经陷入自闭的旋涡。

　　莫明霞哑着嗓子问："那后来呢？"

　　说到这里，甄钟尔笑了起来，不是那种诡异可怖的笑容，而是发自真心的微笑。

　　"车子把我接走了！"她复述了那位老乡说的话。

　　"大伯听说了就回来了，他建议送我去治病。我父母不愿意，也不想出钱，他们说反正你也想生个女儿，你要你就把她带走吧！"

　　两人被甄钟尔亲生父母这样不负责任的态度吓到了，她们看着甄钟尔脸上的笑容，想起甄钟尔开学以来衣食无忧的状态，隔三岔五和家人视频的幸福模样，竟分不清她父母的不负责任，是她的不幸还是幸运。

　　"现在我管我大伯叫爸爸，堂哥也变成了亲哥。"甄钟尔把枯草往地上一扔，像是前尘往事就此放下，"你看我现在有着幸福的家庭，我有哥哥、爸爸、妈妈，但……"她稍稍哽咽了一下，"但怕我的人还是有。各种谣言，初中时候莫名其妙被排挤……"她定定地看着莫明霞，眼睛是从未有过的澄澈，"怕我的人，他们永远都会怕我，我不可能放下一切武器，剖析自己的所有去告诉他们我并不可怕。"她尽可能地表达自己的意思，"所以我永远不会为了迎合别人而改变自己的喜好。"

　　表达善意是交流的基本，但不是某一方彻头彻尾的责任。

　　如果有朋友误解你，你可以向他解释，但如果他因误会而唾弃你、侮辱你，你不必再挽留他。每个人都是珍宝，有些珍宝别人一眼就看得明白，有些珍宝却需要那些懂得欣赏的人沿着藏宝图，找寻藏宝洞，历经一番曲折才能将美好尽收眼底。

175

那朵青春要开花

不经历一番曲折的人不懂欣赏，也不配欣赏。

"大侠，我不知道你在担忧什么，但我觉得就像我一样，只要我没有妨碍、伤害到任何人，那我就无须为他们因偏见和愚昧产生的惧怕负任何责任。"甄钟尔没有了之前在教室里的夸张表演，她变得青涩、真诚，"我和漂亮，我们都从自己那个狭隘的圈子里走出来了。我们都知道你现在觉得很难，但走出来就会发现，这不难！"

甄钟尔和郭漂亮两人饱含期待地看着她，她们都从自己的心结当中走了出来，顶楼三姐妹，她们不愿意抛下任何人。

"是真的，大侠。"郭漂亮见莫明霞听得认真，认为这是个帮她打开心结的好机会，"我们就是从你这样转变过来的！我和你分析过，刘茜茹是为了避免赔小偷医药费才编瞎话的。而513寝室，我弄不明白她们为什么怕我们，但我们可以去问她们！"

莫明霞听得耳朵嗡嗡作响，暖意包裹了她的全身。她记起之前自己说的话——"就算她们都怕我，我不是还有你们吗"。她觉得老天已经优待她了，能有两个这样不离不弃的朋友，是她有生以来最幸运的事。

"大侠。"郭漂亮又严肃地叫了她一声，"你不用因为她们愚蠢的惧怕而'废掉'自己一身武功。你不应该是个平凡人，那才是你应去的舞台！"她指的是大学生运动会，"你应该去的！"

莫明霞不忍拒绝朋友们的好意，她张嘴想说以后再说，又怕这话显得太过敷衍。她一笑眼眶就湿润了，面前两人清澈的眼睛里满是对她的关心，如同一汪碧泉，沁人心脾。

她没法胡思乱想，只能感受着心底的暖意，认真地回答道："我会好好想想的。"

第九章

两人得到她的回应，撒着欢上来拥抱她，嬉闹着让她请客吃饭。莫明霞满口答应，她想那个心结可以放放，先享受此刻的欢愉。

"好了好了！"莫明霞站起来，把两人从草地上拉起来，"我请吃饭，请喝东西，晚上看电影你俩请我！"

她说得大方，末尾拐了一个弯，两人前两次兴高采烈地应好，第三次也顺口应了好。

"大侠，你要赖！"甄钟尔抗议。

莫明霞眼底藏着捉弄的意味："怎么，你不愿意啊？"

郭漂亮一拍巴掌，推着两人往校外走："愿意愿意，我们寝室第一次搞集体活动呢！等会儿打个车去市中心，先吃火锅，再看电影，然后我们逛逛街，度过欢乐的一天！"

甄钟尔举着手，急忙补充："还要去唱歌！我哥说，大学不唱通宵就不叫大学！"

郭漂亮优哉游哉地问："你哥还说什么了？"

"寝室集体玩网游！"

"这个我拒绝！"郭漂亮否决，"寝室网速太差了，带不动的！"

"那，联谊呢？哥哥说他们经常联谊……"

郭漂亮哈哈大笑："我就知道你觊觎冯亚星的室友！不过，程逸风要是知道你想联谊……"她欲言又止，带着坏笑，"我还非得带你们联谊不可！"

莫明霞忍着笑，听她们叽叽喳喳地东拉西扯。

十月初的时候，她们仓促搬到顶楼，彼此互不相干；十月底的时候，她们有了纠葛。如今，她们一起渡过了许多难关，有收获也有失去，她们不再是毫无瓜葛的，她们有了彼此，她们和这所校园有了联系。

177

那朵青春要开花

　　早晨，日出东方，稀薄的云散开露出一轮红日。天台上，一身武术服的女孩拿着长枪练武，威风飒飒。

　　大概是被长枪破风的声音吵醒，门口探出一个脑袋好奇地张望，过了一会儿又一颗脑袋凑了过来。

　　有了观众，女孩把长枪耍得虎虎生威，收势时两个眼带崇拜的女孩齐齐鼓掌。

　　"大侠好帅！"

　　"大侠好棒！"

　　莫明霞拿起毛巾擦汗，微红的脸庞泛着一丝羞赧，额发微湿："别看我了！"她有点不好意思，"你俩再不洗漱，我们就要迟到了！"

　　两人嘿嘿偷笑，转身去洗漱。

　　莫明霞在两人身后喊："早饭在桌上啊！"

　　"知道！"

　　莫明霞坐在天台的"竹床"上，等着她们洗漱完毕一起出门。天台早已被她们改造了，一个巨大的废弃书柜被她们放倒在地，背面朝上，当作室外"竹床"。三人还幻想着明年夏天支起蚊帐在室外乘凉，郭漂亮说以后早上可以坐在"竹床"上看莫明霞练武。

　　那天晚上她们在市中心"扫荡"，又计划了很多件大学必做的事。郭漂亮跟甄钟尔两人偷偷摸摸地买了一部武侠电影的票，直到进场才让莫明霞知道。看完，那两人还嘻嘻哈哈地问莫明霞电影有没有出错的地方。莫明霞笑着回答说都差不多，其实她根本没看进去。

　　电影爱说道理，人也爱说道理，每个人都有自己的道理，莫明霞却找不到

自己的道理。以前练武的时候，爷爷说"止戈为武""助人为侠"，她便跟着点头；后来父母回家，母亲说读书去吧，她点头……

她就像一个没有自己思想的木头人，别人说什么是什么。她隐瞒自己的真实想法，甚至不允许自己有真实想法，因为每一次当她流露出真实想法的时候，她得到的不是赞扬，而是唾骂。她没有多少做对事情的经历，没受过赞扬，没得过夸奖，刻在她脑子和记忆里的只有爷爷的鞭挞和母亲的谩骂。就好像她那天早上做的那个梦一样，她怕这怕那，但归根到底她只是害怕自己终有一天会变成爷爷那样。每当她有那么一丁点矛盾，她就会觉得再这样下去，爷爷的今天就是自己的明天。

电影结束之前，她问自己到底爱不爱练武。答案是隐藏在血液里的。

老实说，电影并不是什么好电影，剧情拖沓而空泛，武打动作如果不是有主角那张脸，谁也没办法忍住尴尬看下去。可是白光之下，有两个人硬扛着陪她看完了这部无聊的武侠片。

灯光亮起来之前，她看着那两人，跟自己做了一个约定，她要假装自己已经打开了心结，她要堂堂正正做一个"莫明侠"。她告诉自己从电影院走出去之后，她会开始日常练武，她会积极参加训练，参加大学生运动会。她不再畏畏缩缩掩藏自己，不管别人接受与否，她都要把自己展示出来！

她还没来得及思考失败了怎么办。

当她迎着朝阳开始练武的时候，当长枪在手破风飒飒的时候，当快意在她的血液里燃烧沸腾的时候，她承认，这就是那件让她所有的细胞愉悦的事！

"大侠，可以走了！"两个女孩在寝室门口大喊。

莫明霞看了看自己拿过长枪的手，笑着把手插进了裤兜里，冲她们说："来了。"

那朵青春要开花

郭漂亮笑嘻嘻地说："等久了吧？"

莫明霞直白地说："还行，也就比上次慢了半个小时吧！"

郭漂亮捶了她一下，娇嗔地道："女孩子出门就得花这么长时间。"还没等莫明霞开口，她又说，"哎，别跟我说你也是女孩子！我就没见过这么糙的女孩子！大冬天的，水、乳、精、霜、眼霜你不用，至少得用点郁美净吧！你看你那脸红的！"

莫明霞不信她那套，摆摆手说："我这叫精神焕发！"

甄钟尔突然说："求求你了，防冷涂点蜡吧！"

"哈哈哈！"郭漂亮挤对她，"大侠，你糙得连钟尔都看不下去了！等会儿下了课回来，我一定得好好给你拾掇拾掇。系花的寝室里怎么可以走出一个女汉子呢！"

"哎，等会儿什么课？"莫明霞刻意岔开话题。

果不其然，郭漂亮上当了："哲学！"

"在哪儿上课？"

"二教，306！"

三人边走边打闹。出来晚了，从寝室楼到教学楼的路上，几乎看不到什么熟面孔，大家都脚步匆匆，生怕迟到。三人走进教学楼，上了三楼到达306，却发现里面空无一人。

郭漂亮质疑道："我们是不是进错楼了？"

"我没看错！"指路小天使甄钟尔抗议道。

莫明霞看看教室，再看看四周，然后把整个楼层检查了一遍，都没有发现自己班的人。

"是不是改时间了，是不是今天不上课？漂亮，你看看班群。"

第九章

郭漂亮应声掏出手机，却发现群里静悄悄的，毫无动静："没有啊，都没人说话！"

甄钟尔一敲脑袋说道："我们是不是穿越了？"

"你少看点动漫吧！"郭漂亮挤对她，又说，"要不我们去别的楼层找一找？"

三人商量着，把整栋教学楼都找了一遍，差点被其他班级的人错当成来检查的。一直找不到，三人才困惑地下了楼。

到了一楼大门口却遇见了转机，一脚踏进门的本班学霸在看见她们时，一拍额头说："我竟然忘记了，上课的地方换了！"

郭漂亮连忙搭话："什么，换到哪儿去了？"

"没人告诉你们吗？"入学分数高出录取线一百分的学霸疑惑地问，"我出门前才听说上课的地方换了，结果我脑子里想东西把这件事给忘了！"

三人看到学霸转身，连忙跟上，像小尾巴一样跟着学霸走。

"没人跟你们说吗？"学霸第二次重复。

三人互看一眼。怎么说呢，承认真的没人给她们通风报信这一点，似乎有些丢人，可她们又拉不下那个脸去撒谎。于是，郭漂亮巧妙地说："没在群里看到呀！"

学霸再次质疑："你们小女生不是最喜欢通风报信吗？"

甄钟尔和郭漂亮两人咳嗽起来，完全不知该怎么接这句话。此时莫明霞开了口，她毫不掩饰地说："我们跟班里人的关系不怎么样，所以没什么人缘。"

甄钟尔和郭漂亮咳嗽得越来越厉害了，她们朝莫明霞使眼色，家丑不可外扬啊！但同时又觉得有些沮丧，老师临时改了上课的地方，怎么一个通风报信

那朵青春要开花

的人都没有呢？就算513寝室的人真的因为那件事怕了她们，那至少还有彭朵朵吧！难道那些重新认识了她们的人、借给她们柜子的人，全都因为大侠的那些冷兵器又跟她们疏远了不成？

"漂亮，朵朵也不和我们玩了吗？"甄钟尔委屈地问。

郭漂亮心烦意乱，哪顾得上回答她。

倒是莫明霞安慰道："不跟我们玩就算了呗，我们自己玩。"

学霸诧异地看了她一眼，带着她们拐了一个弯，问："你们人缘真的不怎么样？我怎么记得上次还有不少人帮你们传字条呢？"

莫明霞言简意赅地回答了他的第一个问题："嗯，真的不怎么样。"

郭漂亮和甄钟尔诧异极了，她们原以为莫明霞会和学霸说话只是出于偶然，却没想到她真的跟他聊上了，虽然聊得相当尴尬。

学霸听后笑眯眯地说："哦，是吗？我没怎么注意。"

逗人玩吧？她们三人之前被赶出寝室的时候就有不少人在传八卦，更别提后来又出了假面派对事件、上大课吵架事件，真的有人能两耳不闻窗外事？

"我真不知道。"学霸看出她们心中所想，说，"你们都管我叫学霸，我哪有空理会你们这些学渣有没有朋友的问题？"

三人听得心里发堵，被噎得难受的时候，学霸又补了一句："不过我想其他人应该也跟我一样，没什么时间搭理你们。所以你们可以放心，这没什么丢脸的。"

莫明霞木着脸问："你这是在安慰我们吗？"

"呀，听出来了呀！"学霸一脸惊喜地说，转眼间他把她们带到了一间阶梯教室的门口，"好了，再难过的话，我也没什么办法了。你们最好提前找好借口，因为下面这关会更难过！"说完他就推开门进去了，笑嘻嘻地跟老师解

释说他来上课的途中被教授叫去修改即将发表的论文。

老师一听这解释，大手一挥，命他就座，又看见门口还愣愣地站着三个人，既不进来也不解释，不禁勃然大怒："你看看你们班的学生，目无纪律，给我进来！"

甄钟尔小声地说："我觉得我们被学霸摆了一道。"

另外两人异口同声地答道："你才知道呀！"

"还在门口嘀嘀咕咕些什么？还不给我进来站好！"老师站在多媒体教室的讲台前，声音透过话筒传递到整间教室，"我是真的不该对你们抱期望，我上节课说下节课不在306上，换到多媒体教室，这句话我说了多少遍？居然有十五个人迟到，二十个人走错教室，还有三个至今不知道自己错在哪儿……"

老师喋喋不休，三人依照他的指示走进教室，进去才发现靠门的墙边站着一排人，一数大概有二三十个。

打头的男生嘻嘻哈哈地说："排后面去，排后面去！"

三人老老实实地往后走，其间路过彭朵朵身边，她笑得一脸灿烂："你们怎么比我还晚？"

甄钟尔和郭漂亮两人没反应过来，不知道怎么接话，莫明霞倒是问了她一句："你什么时候过来的？"

"比你们早几十分钟吧！老师还不准我们通风报信，让班干部盯着！"彭朵朵算是变相解释了她没给她们通风报信的原因。

三人越过彭朵朵，又迎上了蒋笑笑和张巧玲，两人急得面部表情都扭曲了，话都堵在嗓子眼里，最后只说了一句："下课后别走，我们一会儿来找你们，千万别走啊！"

三人走到罚站队伍的尾端站定，甄钟尔憋不住了："这到底是怎么回事

183

那朵青春要开花

啊？她们怎么突然又跟我们说话了？她们好像不怕大侠了。"

说起怕大侠这件事，郭漂亮还有些生气，她没好气地说："谁知道呢，一会儿一个样！"

"下了课咱们就知道了。"莫明霞却按住她，劝她不要那么急躁，"说不定有别的原因。"

郭漂亮扑哧一声笑了："大侠，我怎么觉得你变了呢？我觉得看完电影之后，你的思想简直来了一个大颠覆！"

莫明霞也愣住了，她没想到自己假装打开心结，却变成了真的！她说的话、她做的事、她和别人交谈……当她给了自己那个暗示之后，她觉得自己做这一切就像水到渠成。

"哎，你们是住在顶楼的那三个人？"说巧还真有那么巧，刚刚给她们带路又摆了她们一道的学霸正好坐在她们边上。

原来这位学霸还真是两耳不闻窗外事，帮忙传过字条，又帮忙带过路，居然才知道她们是谁！

"你是莫明霞？"学霸颇感兴趣的样子，"你有一把唐刀，对吧？群里的图片我看过，刀上有个花纹和你这个木质手机吊坠一模一样。"学霸伸手想摸莫明霞的手机吊坠，被她迅速躲过，"借我看看行不行？我是说你的唐刀。"

莫明霞没理他，他难得地喋喋不休："其实我对冷兵器也有点研究，有机会的话，我们互相交流交流？"

莫明霞还是没搭理他。

他想了一下，转换策略，报出一长串冷兵器的名称、重量、长度，甚至冶炼技术，又说出他有的一些收藏。他看到莫明霞的注意力一点一点被吸引，最后才漫不经心地说道："你让我上你寝室看看你的收藏，我把我的也给你看

看，行吗？"

郭漂亮和甄钟尔在一旁干着急，她们以为莫明霞又退缩了，不想把自己的珍宝公之于众或者担心说太多会让人害怕她。

其实都不是，莫明霞一方面被学霸说的东西吸引，一方面又觉得自己刚刚被他摆了一道，怎么可以这么快和他做朋友。

就在莫明霞默不作声的时候，学霸又有了坏主意："其实你不给我看，我也一样可以上女生寝室看。"

"你是男的！"莫明霞的意思是，男生怎么可以进女生寝室呢！要知道郭漂亮和甄钟尔之前把箱子搬下去存在513寝室时想让冯亚星当苦力，冯亚星编了一长串理由、一大堆身份，都没能让楼管阿姨高抬贵手。

"我有后台呀！"学霸理所当然地说，"我在学生会还挂了一个闲职，你们女生寝室大检查，我很乐意以学生会干部的名义协助宿管部，到时候……"

他就能想怎么看就怎么看了！

三人惊呆了，她们从未见过如此"厚颜无耻"的学霸。

甄钟尔悄悄地问："现在的学霸都这样奸诈吗？好吓人啊！"

莫明霞有些忌惮他："别说了，当心他又耍心眼！"

"这样冥顽不灵可不太好，真的不能让我欣赏欣赏吗？"学霸有些惋惜地说，"毕竟这件事很快就要成为大新闻了。当然我也可以帮你们及时止损，只是要看你们懂不懂事了。"

三人开始用眼神交流。

郭漂亮：他是什么意思？我怎么有点听不懂？

甄钟尔：学霸说话好高深啊！

莫明霞：我怎么觉得，他比江教授更像反派？

讲台上悠悠传来一句话，是来自哲学老师的慈悲："行啦，这节课已经下课了，你们那些罚站的全都坐下吧！"

三人齐齐无视了学霸。学霸为了观摩莫明霞的收藏，硬生生演绎了一场满是阴谋的独角戏，但悲哀的是，她们全都没听懂他的意思。

学霸惊诧地喊道："喂，你好好考虑一下啊！"

留给学霸的是三个绝情的后脑勺。

学霸不甘心地喊道："你会后悔的！"

后脑勺也消失了。

第十章

二

二

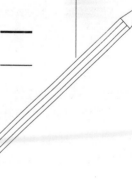

一

那朵青春要开花

三人找空位坐下，准备掏出手机来玩，却见不远处有几个熟人鬼鬼祟祟的。

"过去啊！"蒋笑笑推搡着张巧玲，动作带着点粗鲁，"过去说啊！"

张巧玲摇摇头有些抗拒，却被同寝室的另外两个女生架着，缓缓朝莫明霞她们走来。

"什么情况？"三人疑惑地问。

彭朵朵来找郭漂亮玩，见到513寝室的人这样，冷笑道："不带脑子来学校的人，终于知道错了？"

张巧玲听到后，立马变了脸："你什么意思！"

下一秒，蒋笑笑又推了她一把："你就别凶人家了，自己做错事还死犟着不肯认错！"蒋笑笑亲昵地用手指戳她的脑门，"不是跟你把道理说清楚了吗，怎么还这样？"

"我不是没意识到嘛！"张巧玲求饶，扭扭捏捏地站在三人面前，对着自己的"恩人"说道，"对不起啊。"

莫明霞奇怪地问："你对不起我什么？我没明白。"

张巧玲摸摸脑袋，特别不好意思地说："我们寝室的人拍了你'兵器库'的照片，还录了你翻墙下楼的小视频……"见三人还是不明白，她干脆直说了，"那些照片都是我传出去的。"

郭漂亮惊呼道："你居然是内……"内什么呢？内奸、内贼、内鬼，反正

第十章

不是什么好词。

张巧玲听明白了，也没法生气，反而腆着脸说："我不是被大侠伟岸的身姿、潇洒的身手震撼到了嘛！我绝对不是想干坏事，我一开始就是觉得特别牛，想分享一下！我告诉过那人，要她不要传出去，谁知道……"

我告诉你一个秘密，你千万不要跟别人说，这是别人告诉我的——这样的秘密不被传出去才怪！

一干人看着张巧玲，相当怀疑她的智商。

蒋笑笑"啪"地打了一下她的胳膊："都告诉了你别往外说，要不我们把你被关在画室的事也宣传宣传？"

张巧玲恼了："不是说好了不说出去吗？那就是个误会！"

郭漂亮可不好糊弄，她问："那你怎么把大侠的事说出去了呢？"

张巧玲心虚地笑道："对不起啊，大侠……"

莫明霞听完没当一回事，摆手说："算了，只要不是……"说到一半，她停了下来，她想掩藏她害羞的小心思。

郭漂亮却明白她想说什么——"只要不是被我拿刀的模样吓到了，那就不算事"！

张巧玲也乐得逃过一劫，然而学霸的警示马上就应验了。

那天上午有四节课，第四节是管得不严的体育课，没有桌椅板凳，站队的时候只有一拳一臂之距，特别适合闲聊。莫明霞长得高，自然站在队伍最右边，后面两排是男生。等着体育老师来的空当，他们的议论声此起彼伏。

"那么长的刀！"

"开没开锋？"

"拽着绳子就跳下去了。嘿，你别不信啊！张巧玲发的。张巧玲，你说是不是？"一个男生高声喊道。

189

女生们的注意力也迅速被吸引了，嗡嗡地议论起来。

莫明霞眼前发黑，她提着一颗心，生怕听到什么刺激自己的话，然后她听到后面的男生小声说"好厉害啊"。她长舒了一口气，又笑自己还是不能假戏真做，还是为此担惊受怕。

忽然队伍中爆发争吵，她听到张巧玲恼怒地说："真的，都是真的！不要问了，再问就会被学校查了！"

莫明霞低头笑，原来张巧玲才想明白大家是在害怕被学校发现。

忽然她被人拍了一下，她警觉地回头，斜后方的男生看到她敏捷的反应，忍不住笑了："我就猜是你，不过你千万别承认！美术系那边有人说门被砸坏了，画室'失窃'，你们……"男生看看还在嚷嚷的那群女生，"你们还是低调点。"

事与愿违，男生刚刚说低调，那边就爆发出一声喊叫："都说真的是为了救人，救的就是我，不是我朋友，行了吧！"

议论并没有因为张巧玲的话止息，反而越发热烈了。

"能带刀来上学吗？管制刀具都不可以吧？"不知是谁说了一句，众人一片哗然。

体育老师姗姗来迟，有点正义感的人大吼一声："都别说了！"

可是已经迟了，这消息早就传开了，系里议论纷纷。

热身运动完是八百米跑，莫明霞身体素质一贯很好，跑两圈下来脸不红气不喘。

懊恼的张巧玲喘着粗气凑过来，不再是那副耍小聪明的样子："大侠，对不起，我，我不知道我把图片都撤回了，还是有人截了图。我都说了别发出去，别发出去，没想到还是被这么多人知道了……"

郭漂亮叉着腰走过来，想骂她几句，但自己连气都没喘匀。

第十章

此时一边的蒋笑笑一脸严肃地把手机往郭漂亮手里一塞，对着莫明霞说："系领导知道了，他们开会说要提前检查，重点搜查刀具、电器。"

跑八百米轻而易举的莫明霞变了脸色："有没有说什么时候开始检查？"

"还没。"

"你们能帮帮我吗？"莫明霞毫不犹豫地开口，她看着叉着腰陆陆续续跑到终点的同学们，"帮我找熟悉可信的人，让我藏一下行李箱。"莫明霞深深地注视着蒋笑笑、张巧玲，她这次求助没借别人的手，慎重又急迫，话语里满是恳求。

提前检查，重点搜查刀具。听到这句话时，她的心脏就往下坠，脑子里只有一个念头——保住她的心头好！担忧、害怕……所有的念头，都敌不过这一刻对彻底失去的恐惧。

蒋笑笑快速地回答："我明白，没问题。"

转头，她又吩咐张巧玲："你偷偷跟老三、老四说，别让罗米之类的人听到。"

甄钟尔听后，自觉地举手说："我去找朵朵！"

莫明霞深吸一口气，叹道："谢谢。"此时的她抛弃了以往的忐忑，"帮帮我，保住它们。"

"放心吧，大侠！"蒋笑笑拍着胸脯说道，"你帮过我们，小玲被困的时候，你二话不说爬墙下去救人，我们要是不帮忙，岂不是狼心狗肺？再说了，即便没有这些事，我蒋笑笑也交你这个朋友！"

"谢谢了！"莫明霞眼眶微湿。

几人稍稍安慰她后，便火速散开，分头行事。

足球场上有不少班级在上课，人群这边一堆那边一堆，嬉笑打闹的声音让时间变得悠长。但有那么几个小心谨慎的人交头接耳偷偷传递求助的信息，让

那朵青春要开花

这一切看起来像是暗涌之上的平静。

"你觉得我们这次能借到柜子吗？"莫明霞问在一旁安慰她的郭漂亮。

郭漂亮毫不犹豫地说："肯定能，你相信她们！"

然而，这并不能让莫明霞放心，她又问："你说，如果被发现，我的那些兵器会怎么样？"

郭漂亮有些忧心忡忡，并不想把那个显而易见的答案告知她。

然而莫明霞心里一清二楚："会被没收吧？"

"大侠，不会的，我们会借到壁柜的。"郭漂亮安抚她。

忽然，彭朵朵朝她们挥手，比了一个"1"，又比了一个"OK"。

郭漂亮欣喜不已："大侠，你看！有一个了！"

"我知道我知道！"莫明霞激动得都破音了，"我也要想点办法！"

"想点办法，想点办法……"莫明霞嘟囔着，拿起了手机，快速找出江教授的电话号码，拨了过去。

"江教授，我是莫明霞……"

那边没头没脑地说："我不回来吃饭。"

"江教授，我是莫明霞！我有事要跟您说！"她焦急地重复。

那边依旧说："我知道我知道，我不回来吃饭，你说，你说。"

郭漂亮听明白了，猛拽了莫明霞一把："他听明白了，大侠你直说！"

"教授，你们是不是要搞寝室突击检查？能告诉我是什么时候吗？"莫明霞把手攥成拳头，抵在鼻尖，她等着江教授的回答。

江教授考量一番说："可以是可以，但你得告诉我怎么回事。"

莫明霞快速地说："传出去的女生寝室'兵器库'照片是拍的我箱子里的东西。"

"什么？"那边大吃一惊，语调都不准了，然后又连连对身边的人说，

第十章

"家里有点事，我出去说。"

一阵杂音之后，江教授那边才安静下来："你怎么弄出这种事？你怎么把兵器带到学校来了？"

"我妈说要丢掉，我只好偷偷地带过来。"莫明霞老实回答。

老头骂道："你糊涂啊！这么大的事，这么多兵器，你让我，让我……"

"您能帮我保住它们吗？"莫明霞乞求道，"您跟学校说一声，说这是个误会！"

"你未免把一个返聘辅导员的权力想得太大了吧？"老头叹息，忽然又生气了，他高声问，"你不是怎么都不愿意参加大学生运动会，怎么都不想参加武术比赛吗？既然练了十几年的武术都可以丢，你还管几把刀干什么？"

莫明霞急得快要哭出来，心里说"不是这样的，不可以丢，不能丢"。

"江爷爷，您别这样，这些可都是我爷爷的命，我不能把它们弄丢啊！"

"臭老头的？"江教授疑惑地问，随后更加不以为然了，"那你尽管让他们搜走，你最多落一个处分，不碍事的！刀嘛，江爷爷出钱再给你买！"

莫明霞高声叫道："那不一样！"

"怎么不一样？对谁来说不一样？你爷爷？"江教授嗤笑一声，"别逗了，他拿什么都是练，他根本不介意自己拿的是木棍、扫把还是柴刀！"

"噼啪"一声，火光闪过莫明霞的脑子。像是武侠小说里说的打通任督二脉，又像玄幻小说里的顿悟，她忽然明白自己为什么这么焦急了。

是为了爷爷的武器吗？不是的。她不愿承认，从小到大对着那些刀、剑，她早就有了割舍不掉的情感，那是她不愿向任何人说明、不愿向自己承认的热爱！是冬三九、夏三伏坚持并沸腾却隐藏在压力之下的深爱！

她脑子转得急，却什么话也说不好，她想告诉江教授不是为了爷爷，是为了自己。

193

那朵青春要开花

"江爷爷，您帮我保住它们，我去参加武术比赛！"

"莫明霞！"那头一声大喝，江教授暴怒，"如果你是为了作为交换条件而去参赛，那就免了！你想想你对不对得起你十几年苦练的那身功夫！有天赋的人多了，不缺你这一个！"

莫明霞冷静下来，她明白自己说错话了。她缓了口气说道："我错了，我说错话了。江爷爷，我不会用这个当作交换条件，但武术比赛我还是会去的，因为我的心告诉我我必须去！"

江教授明白她转过弯来了，叹了一口气，又气又好笑："你说你怎么把刀带到学校来了呢？还躲过那么多人……"

"江爷爷，您帮帮我！"

像孩提时那样，她又开始管江教授叫江爷爷。

儿时，江教授放暑假提着酒来找爷爷，爷爷说："明霞，给江爷爷耍一套！"然后莫明霞一抱拳，潇潇洒洒耍了一套拳。两个老头喝酒、吃花生，拍着巴掌叫好，末了又拿钱让莫明霞买糖吃。

莫明霞后来总想起这样的日子，不是糖好吃，是她心里很甜。

江教授叹气，这大概是他答应帮伙计帮莫明霞铺路以来叹气最多的一次："明霞，听江爷爷的，那些刀、剑，没了就算了。爷爷知道，十几年了，你对它们有感情，舍不得，但你的确违反了学校规定……"

"江爷爷！"莫明霞红着眼睛，带着哭腔求他。

江教授沉默了一下，说道："好吧，临了我徇私舞弊一把，也算是晚节不保了。我帮不了你多少，我只能告诉你，检查的人已经在过去的路上了。"

莫明霞惊得怒骂一声。

郭漂亮赶忙问："怎么了？"

莫明霞回头两眼血红地说："已经过去了！"

第十章

郭漂亮连忙跑向求助成功的彭朵朵，边跑边喊："你先过去，我去叫人帮忙！"

"好！"莫明霞拔腿就跑，低头发现电话还没挂。

她准备按挂断键的最后一秒听见江教授说："明霞，那些刀从来不是你爷爷的命，你才是。"

她踌躇了片刻，艰涩地回答："我明白了，江爷爷。"

随着快速奔跑，莫明霞肾上腺素不断升高，景和人快速向后掠去，加速再加速，她怕迟了会对不起自己收藏已久的珍宝，也怕晚了会对不起爷爷一片苦心。

爱不爱练武，这件事在她还没有答案的时候，爷爷就已看明白。她怕妈妈对爷爷不好，不敢和妈妈作对。爷爷还在执着的时候，她早已明白把握经济命脉的人是谁，祖孙俩谁也反抗不了妈妈。她看得明白，爷爷看得更明白，他知道孙女对武术的心思，所以他才把孙女托付给自己的老伙计，希望在这四年里能给莫明霞铺出一条路来。

爷爷算好了一切却没算到自己的孙女是个缩头乌龟。莫明霞蜷缩在自己的世界里，胆怯地隐藏着自己的真实想法，对谁也不敢说，包括自己。

这些日子，她已经动摇了，遇见了郭漂亮、甄钟尔，跟着她们经历了许许多多的事情，见识了她们的想法，她慢慢地被她们影响了。如果没有这两个人，莫明霞只会在失去之后放声痛哭，却不会像现在这样在还未失去珍宝之前竭尽全力挽回。

莫明霞狂奔着消失在足球场出口，郭漂亮匆匆抓住彭朵朵，问清楚答应借柜子的人是谁，两人架起女孩就跑。

甄钟尔和蒋笑笑还在和人交谈，被求助的女生热心却没有空柜子，女生见郭漂亮和彭朵朵架着人狂奔，也小跑着跟上："等什么，过去帮忙啊！没有柜

那朵青春要开花

子，至少也能帮忙拖延时间啊！"

有这样念头的人纷纷跟着跑，呼呼啦啦一群人终于引起了体育老师的警觉："喂，干什么呢？去哪儿？都给我站住！"

"老师，她们不是逃课。"一个清冽的男声忽然插话，"她们是被江老师叫走的，说她们学费账户出问题了。"

体育老师不敢耽误这种大事，手一挥就不再计较了。

学霸看着那群女孩远去的背影，心里默默地说：居然还是帮了她们，我怎么这么善良呢！

跑出足球场，跑回寝室，莫明霞精疲力竭却不肯放弃，她喘着粗气爬上顶楼，四周静悄悄的，门却虚掩着。还是晚了吗？这一刻她的呼吸都快没了。

但还没晚！

莫明霞推开虚掩的门，里面竟然空无一人，箱子和一切物品都安安分分地待在原地，像是没人入侵的样子。

她一拍脑门，心想肯定是早上出门的时候忘记关门了！

此时电话铃声大作，莫明霞飞快地拿出手机："喂，怎么样？"

"二楼，203！"郭漂亮语速飞快，"他们现在已经开始查一楼了，你赶紧搬一个行李箱下来！"

和查寝人员只隔着一层楼，这也太危险了吧？

莫明霞提起一个箱子就往楼下走："那其余的呢？"

"先塞进去一个！"郭漂亮思维清晰地回答，"钟尔现在上去了。你把箱子送到203寝室，203的人会帮我们放好，然后你赶快上去拿第二个，钟尔扛着走不了太远！笑笑现在在三楼挨个寝室找空柜子，我盯着查寝的人，我们保持联络！"

第十章

"好！"

莫明霞回答后，郭漂亮又说："大侠，你相信我们，我们齐心协力一定可以的！"

没有多余的时间道谢，莫明霞提着箱子往楼下走，途中遇见不少看着她的人，她尽量装作若无其事的样子，匆匆往楼下走。一声下课铃却把她吓了一跳。她拖着箱子来到203门口，像卧底一样打暗号，把门敲出约定的节奏，里面的人才放心地开门。

"快快！"帮忙的女孩比她还着急，接过箱子便把她往外推，"你快走，你快走，快上去拿其他的！笑笑她们在218寝室找到了半个空柜子，还能放一个！"

莫明霞犹豫地说："很沉的，你扛得起来吗？我先把它放进柜子再走！"

寝室里走出另外三个女生，也是一脸焦急："你快走吧！我们四个人一起肯定扛得起！"

莫明霞听后匆匆道了一声谢赶忙往外跑，飞奔着上楼找甄钟尔。跑到四楼，她正好遇上各搬一个行李箱的甄钟尔和彭朵朵。

莫明霞接过一个行李箱，让两人守着最后一个。两人如同战士一样向她敬礼："保证完成任务！"

这个时候还不忘逗乐，莫明霞眼眶湿润，微笑起来。但还有难关等她闯，她转身便抹去了眼角的泪。

刚走到三楼，被调成静音的手机猛烈振动起来。她接通电话，耳边是郭漂亮急切的声音："躲起来！二楼查完了！"

"这么快？"

郭漂亮又急又怒："他们拿了钥匙！他们拿钥匙打开没人的寝室进去检查，你说快不快！"

那朵青春要开花

拿钥匙开门擅自进入学生寝室？这也太无耻了吧！

莫明霞琢磨着前后门一共两个楼梯，查寝的人不管走哪个楼梯，她都可以走另一个，然后把箱子运进检查完的寝室。

莫明霞思考着他们刚刚是从二楼的最后一个寝室往第一个查，那自己现在最好从三楼的尾端下到二楼218！

这样想着，她飞速从301往320寝室走，刚走到312，她听到郭漂亮在那头骂了一声："浑蛋，他们分成两队行动了！"

"什么意思？"

郭漂亮气得牙痒痒："意思是两边楼梯都有人！你别告诉我你现在在三楼中间，那样就被堵死了！"

莫明霞看着左边313、右边312的门牌号，欲哭无泪地告诉她："已经走投无路了！"莫明霞甚至能听见两边楼梯上的脚步声，那和女生的高跟鞋、球鞋不一样，那是皮鞋的声音，系办公室的主任也来了！怪不得江教授说他保不住！

莫明霞靠在312的门上，眼前一阵阵发黑，难道真的躲不过？

不行！她不能就这样放弃！这么多人帮她，她怎么可以现在放弃？

她猛烈地拍起了312的门，没人应，她就换一间继续敲。时间紧迫，危急关头，查寝的人不知道什么时候就会从走廊的两头出现。

忽然她身后的门开了，她一个趔趄跌进那间寝室，箱子也跟着被拉了进去。

莫明霞倒在开门的女生身上，急急忙忙地说："我能在你这儿躲一下吗？或者你这里有柜子是空着的吗？"她直接开口求助了，完全不去想那些以前被她认定会害怕她的人会不会怕她！

"你在躲检查吧？"女生戳破真相。

莫明霞焦虑着，万一女生赶她出去怎么办？她要不要死皮赖脸地纠缠呢？

没等莫明霞想明白，女生快速把门关上了，温柔地冲她说："快进来。"

莫明霞被她拉进来，发现寝室里就她一个人在。

"我想想，我想想你能躲在哪里。要不然躲厕所？"女孩子看了看厕所，又把壁柜挨个打开看，但全都塞满了。

"不行，躲厕所会被发现的！"郭漂亮在手机那边喊，"他们已经到三楼了，现在开始查寝了。"

女生急忙问："从哪边查起的？301还是320？"女生的寝室是312，在中间，稍微有些缓冲的机会。

"我不知道。"郭漂亮颓丧地说，"他们怀疑我了，我现在躲在洗衣房里不敢出去看。"

"这该怎么办呢？"女生积极想应对措施。

莫明霞却不想继续接受她的帮助，如果箱子里的刀、剑是在女生的寝室里被发现的，女生肯定也会被责难，她不想连累别人。

"我还是走吧，你会被连累的。"

女生拽着她："没关系！"女生的眼睛亮晶晶的，"我看过你爬下楼的视频，我知道你是为了救人。你可能不认识我，但我知道你，你抓小偷的时候我在现场，你帮过别人，也值得得到别人的帮助！"

莫明霞还要再说什么，却被女生打断了，女生神秘地笑道："放心吧，上有政策，下有对策。"

女生说罢就去了阳台，一边打电话，一边小声对着隔壁寝室喊："苗苗，苗苗，你们寝室查完了吗？"

"砰砰砰！开门，系办公室刘主任查寝！"

两人惊慌地看向寝室门，隔壁寝室的苗苗姗姗来迟，站在凸出的阳台上

那朵青春要开花

问："查完啦，怎么了？"

女生也不回答，勉强搬起莫明霞的箱子就想越过栏杆塞到隔壁去："你女神的宝贝，赶快接过去！"

莫明霞听到了一个莫名其妙的词汇，没来得及问，对面的苗苗就兴奋地伸手把箱子接了过去，然后冲着莫明霞喊："女神，女神，你在躲查寝吗？你要不要也爬过来？"

女神？她也能当女神？女神不是郭漂亮那样的吗？莫明霞胡思乱想着，但这不妨碍她身手矫捷地爬上水泥护栏，然后抱着墙轻巧地从312的阳台跨到314。两个寝室五个女生惊得狂喊："女神好帅！"

312的女生从容地应对查寝人员，314的苗苗和她的室友们把莫明霞包围了，问长问短。

听着查寝人员出了312寝室，莫明霞才有逃过一劫的轻松感。

314和312的人热情得不得了，主动提出帮忙，她们跟在刘主任背后捣乱，干扰宿管部成员的视线，让莫明霞顺利逃出了三楼。

莫明霞一路惊心动魄，好几次差点被人发现，顺利回到顶楼时，她已经大汗淋漓，有种既惊险又刺激的快意。

顺利解决了两个行李箱，莫明霞心里带着畅快，三步并作两步进了铁门。抵达顶楼时，郭漂亮、甄钟尔都呆呆地站着，一脸凝重。

莫明霞脸上的微笑凝结，问："怎么了？咱们不是成功转移两个了吗？还没被抓到，别臭着脸啊！"

郭漂亮捂着脸，有点自责："是我的错，我以为在三楼的时候他们会从两头往中间查，结果他们一队人查三楼，一队去了四楼，他们知道了我们在搞鬼。"

"没关系，只剩一个了，很好解决的。"莫明霞想起刚刚自己在三楼从

200

312跨到314避险成功，就想故技重演。

但郭漂亮焦急地打断她："来不及了！他们已经到五楼了！他们就在我们楼下！"

"这么快？"莫明霞一怔，突如其来的失重感让她踉跄了两步。她低头笑出声来，努力了这么多，却还是功亏一篑，但她心头一片明朗，丝毫不觉得难过，甚至有些畅快和洒脱。

莫明霞仰着头思考，然后吐出一口气，重作打算："朵朵，你先回去吧，和笑笑她们说不用忙活了，也别上来。漂亮，你和钟尔先下去吃饭吧，这都快一点了……"

"我不！"甄钟尔红着眼睛喊道，"别想撇下我们！"

莫明霞失笑，怎么被看出来了呢？演技太拙劣了吗？但她觉得不要紧了，江教授说爷爷拿什么都是练，不管是木棍、扫把还是柴刀。她难道不行吗？今天这一上午的折腾让莫明霞彻底没法回避自己的内心，她将一切坦露于众，那她就有面对的勇气。保住两箱就已经够了，她的确触犯了校规，受到处罚也是应当的，最关键的是，她找回了热爱武术的自己！

微信消息还是没停，蒋笑笑实时汇报刘主任离开了哪间寝室又进了哪一间。刘主任离她们越来越近，几人之间凝重的氛围像是一点火花就能引起爆炸。

她们还不想放弃，莫明霞又怎么可以放弃？

时间越来越紧迫，铁门被风吹响，惊得众人以为是"敌袭"。

就在这个时候，甄钟尔和郭漂亮同时接到电话。一阵沉默后，两人同时大喊："安全绳！"

新的转机！

甄钟尔指指楼下，又指指仅剩的一个行李箱："外卖电梯！"

那朵青春要开花

莫明霞弄明白了她们的意思，就像搞假面派对时用安全绳偷运外卖一样，她们可以用安全绳把行李箱放下去！

郭漂亮冲进寝室找出安全绳，一头扔给莫明霞，一头绑在行李箱上："快绑，绑好了放下去！冯亚星和程逸风会在下面接着！"

莫明霞笑着流出眼泪来，点头说道："好！"

往后多少年过去，莫明霞都会记得今天，这是她青春史里最绚烂的一笔，哪怕日后再多彩，也比不上她第一次见到颜色的今天。

她这十几年里没得到过的情感被打包封在快递盒里，从未被本人签收过。它们积攒在她人生的某一个角落，静静等她靠近。直到她走到了人生的关键点，它们才齐齐在她眼前打开。缺席十几年的汹涌情感突然在她心里迸发，香气四溢的花朵包围她所有感官，这香氛名为青春。

她在这一天看到的色彩，足以覆盖前十八年的黑白，足以让她拼尽全力不惧结局也许是失败……

"干杯！"

幸运的是她们最后顺利渡过了难关，江教授还匆匆赶来护犊子。刘主任搜不到证据又被江教授气得脸色发青，最后悻悻离开。

莫明霞为了感谢帮助她的所有人，决定在顶楼开派对，这一次却不那么幸运，被楼管阿姨盯上了，只能转战可租借的别墅。

但还好换了地方，这样才能容纳足够多的人。那天帮助她们的人远不止这些，被生气的体育老师罚站的同学谁也没有供出她们的真实去向，学霸还帮忙编瞎话把老师糊弄过去。那天下午上课时，教室里的人都在关心她们有没有顺利避险，被包围的莫明霞不争气地又感动得红了眼眶。

大长桌在小别墅的后院一字排开，好好的别墅派对弄得像农家乐大聚会。

一群年轻人举着杯子像模像样地说祝词。

莫明霞红着脸站起来，举杯敬所有人："敬你们的不吝相助！"

大家笑着说应该的。

郭漂亮也跟着站起来，视线从身边的冯亚星起，扫视一周，在冯亚星的死党胖子身上停下，郑重地说："敬不信谣、不传谣。"

大家热烈鼓掌。有人说自己也犯过思想错误，要郭漂亮多担待，又调侃甄钟尔要不要也来一段。

甄钟尔孩子气地蹦起来，杯子里的饮料洒了一半。程逸风相当嫌弃地拿纸巾帮她擦手，引得所有人起哄。甄钟尔红着脸说："听我说，听我说！敬不理解但尊重，敬不认同但包容。"

听完三人说的话，大家又好笑又愧疚。

班长站起来，坦言："你们应该敬你们自己，是你们破开谣言展现自己。听你们说谢谢，我们总有些愧疚，我们没有主动去了解你们，是你们展示自己吸引了我们、征服了我们，这一杯该敬你们！"

所有人齐举杯，之前有些尴尬的氛围一扫而光，大家真诚地祝福三人，发自内心地佩服三人。

会餐畅饮乐开怀，桌上的人每一个人都洋溢着欢喜的笑容。

在此之前也许有过误会，但不要担心，青春的碰撞不会胆怯也不会停止。别害怕自己是别人眼里的"奇葩"，每个人都可能是别人眼里的"奇葩"。不必谨小慎微磨掉棱角只为融入人群，迎合别人不如展示自己，足够自信和强大，你才能回归"奇葩"本意，做朵奇特而又美丽的花，当个出众的人！

"喂！"莫明霞一个人神游的时候，学霸换到了她旁边的位子，跷着二郎腿，敲着桌子问她，"怎么说上次我也帮了你们，你那些兵器也该给我看看了吧？"

那朵青春要开花

莫明霞斜着眼看他："你知道你编瞎话说是江教授把我们叫走的，江教授后来给我穿了多少小鞋吗？"

"那你也不能知恩不报啊！"学霸很生气，抱着胳膊计较。

莫明霞没想过会有这样较真的人，当即下套："行啊，我把东西都放到阳光武道馆去了，你得答应我一个要求才能观摩！"

学霸快速回答："我答应了！"

"帮我一起擦一个月地板。"

"不干！"学霸迅速改口，不出两秒又懊恼地说，"那好吧。"

饭后坐在秋千椅上的郭漂亮看着两人的互动，偷笑："我觉得学霸栽了。"

冯亚星一下一下推着秋千椅，表达不同见解："何以见得？不是说学霸智商很高吗？"

"可是秀才遇见兵，有理说不清啊！"郭漂亮转过身，盘腿坐在秋千椅上，"学霸肯定打不过大侠！你也打不过！加上一双手也打不过！"郭漂亮就爱刺激他。

冯亚星一副不跟她计较的样子，把秋千椅推到最高，坏笑道："我打不过大侠，但我单手能抱住你！把你甩上去，看你怕不怕。"

郭漂亮意外地没有叫出来，反而大笑："哈哈哈，你傻呀，这还没有一米高，我可以跳下来！"

冯亚星气得要抓郭漂亮，郭漂亮迅速逃到磨磨蹭蹭不知道在干什么的甄钟尔身边。

甄钟尔受到惊吓，一激动，把一张卡片掏出来丢到程逸风怀里就跑。

程逸风拿着卡片两眼冒火光，打开才发现是张邀请卡，上面郑重其事地写着他的名字：程逸风。

第十章

　　喧闹声吸引了所有人的注意，大家聚在一起。原来是有个男生准备表白，他还送出了一个别出心裁的小"盆栽"——捧着"盆栽"的人心跳速度超过设置，"盆栽"就会开花。

　　"盆栽"在男生手里盛开，有人惊呼："那朵'奇葩'还真开花了啊！"

　　"叫什么'奇葩'啊！"男生反驳他，"这叫'我们的青春'。"

　　把"奇葩"雕琢成青春，然后让那朵青春尽情开花吧，这是你最好的年华！

绝世美男团的 "男子力"角逐大赛

绝世美男团强势来袭
独家上演的
"男子力"角逐大赛
现在开始!!

选手1号·骑士范

姓名：安芃染

代表作：松小果 《美型骑士团·星辰王女》

制服宣言：美型骑士前来觐见，星空闪耀下的骑士精神是我最大的信仰。

内容简介：
"学霸"夏小鱼最大的爱好是看参考书；最喜欢的游戏就是做参考题。
可是谁来告诉她，为什么她突然得继任什么星空守护使，还要负责守护星空城的和平？这简直是在浪费她做题的时间！
还没等她反应过来，星空守护三骑士绚丽现身——
永远欺压在她头上的全校第一天才美少年安芃染说话刻薄就算了，还敢嫌弃新任守护使？
天使般可爱"正太"樱寻狐岛竟然足足有三百岁，结果莫名其妙地被抓走？
拥有奇特思维的"酷炫"系不良少年息九桐暮姗姗来迟，怎么是"吃货""话唠"？
呜呜呜，为什么解除骑士魔咒的办法是星空守护使的祝福初吻？
"学霸"少女的日常生活完全混乱啦！

选手2号 · 科研范

姓名：北祁一

代表作：艾可乐 "星座公寓" 系列《**绝版双子座拍档**》

制服宣言：进击吧，双子怪君，你可是穿白大褂最好看的科学家！

内容简介：

名门大小姐项甜甜来到爱丽丝学院后，一心想摆脱社交障碍，交到朋友，却无意中成为桔梗公寓怪异美少年北祁一最配合的实验伙伴。

蟑螂的绝地反击、疯狂太空舱考验，呜呜呜……实验过程真的好痛苦！但是为了维持和北祁一之间珍贵的友情，项甜甜告诉自己一定要忍耐、忍耐、再忍耐！

友情持续发酵，逐渐散发出了恋爱的香甜气息，项甜甜快要沦陷了。

可是，就在她被北祁一的温柔打动，准备告白的时候，才知道北祁一竟然一直在欺骗她，他根本就不想和她做朋友，而只是……

北祁一！准备接受真心的惩罚吧！

两大占卜高手测算"不幸"预言，

鬼才双子对决内向摩羯，最不搭配星座"囧萌"相遇，将带你领略爆笑巅峰的浪漫恋情。

选手3号 · 王子范

姓名：阿普杜拉·斯坦尼·诺夫拉斯

代表作：艾可乐 《**我家王子美如画**》

制服宣言：除了我这种真正的王子，还有谁能穿出这种王子范！

内容简介：

存在感微弱的"透明"少女苏苹果，某天竟然从樱花许愿树下"挖"出了一名貌美如"画"的王子殿下！

哈哈，难道是她撞上绝世大好运了吗？

不，樱花王子只有颜值，智商却严重"掉线"，"撩"妹不自知，送礼送心跳……

苏苹果都后悔答应帮他完成秘密任务了！

可狡猾如狐的路易王子、傲慢的贵族少女阿尼娜来势汹汹！

一个爱算计人心，一个对王子虎视眈眈，透明少女能勇敢逆袭，为她家的"蠢萌"王子抵挡住强敌吗？

奢华美色，暖心拥抱，满分微笑，浪漫甜吻——

让艾可乐带你玩转现代宫廷恋爱！

选手四号 · 明星范

姓名：时洛

代表作：茶茶 《**心跳薄荷之夏**》

制服宣言：拥有明星衣橱和演员的自我修养，各种范应有尽有！

内容简介：

长跑是慕小满的特长，她失去了……

孤儿院是慕小满充满回忆的地方，也快要消失了……

元气少女慕小满，为了获得拯救孤儿院的资金，志忑地跟坏脾气的大明星时洛签下百万真人秀合约，却在与时洛的相处过程中，在这个除了颜值什么都没有的大明星身上感受到了被守护，慕小满慢慢沦陷。

可是，来自时洛的堂弟时澈莫名的追求和已经成为富家千金的昔日孤儿院好友的陷害，让慕小满和时洛渐行渐远。而时洛背后，一个始料未及的来自最亲近的人的阴谋，正在慢慢浮现……

绝世美男团的"男子力"角逐 现在开始，
选择你最喜欢的选手，去买他的代表作支持他吧！

这个季节，
美少女＆音乐＆王子＆
完美饮品＆大明星
通通在等你

花漾年华　清甜一季　偶像剧必备元素

这里通通都有！
你还在等什么？一起来看看吧！

NO.1　比肩SHN48 的女团大作战

《轻樱团夏日奇缘》 松小果

内容简介：
梦想成为演员的邻家少女许轻樱稀里糊涂成了国内最受欢迎女团Pinkgirls的成员，还一不小心成了"门面担当"，成为整团形象的代表！
喂喂喂，你们不要私自做决定好不好？
可是为什么从萌系队长彭芃到时尚圈小公主安琪都大力支持？
许轻樱有些头大，不得不求助青梅竹马的"学霸"徐晚乔来帮忙，结果他不仅帮她搞定了日常琐事，甚至还帮她们团队完成了打造专属电视节目的梦想，简直就是与她心有灵犀版的"哆啦A梦"！
就在她们即将成功的时候，同公司的"国民王子"杜墨却突然跳出来，不仅跟许轻樱拍广告上节目，甚至还跟她传出了桃色绯闻。
许轻樱被公司暂时雪藏，可是人气总决选也即将到来！危机一触即发，轻樱的反击也必须开始……
进击吧，许轻樱！

NO.2　为梦想而战的古琴少女

《琴音少女梦乐诗》 茶茶

内容简介：
一声弦动，千年琴灵从天而降，平凡少女薛挽挽的命运开始发生翻天覆地的变化。
对音乐一窍不通的薛挽挽在琴灵的威逼之下加入器乐社，却发现器乐社的气氛异常尴尬。温柔社长和火爆小提琴手在社团里见面必大吵，各怀秘密；毒舌王子季子衿身份成谜，却总在关键时候出现，还会独自一人在湖边吹埙；混血少年看不起中国音乐，竟然还是钢琴天才……社团里到底还有多少秘密？
古琴进阶之路十分坎坷，想放弃的薛挽挽突然发现，谜一般的季子衿似乎和她死亡多年的父母有着千丝万缕的联系。十年前的事故，是意外还是阴谋？消失十年的千年古琴重现，所有的线索似乎已经串连到了一起……
我们所看到的，真的就是真相吗？

NO.3 大脑脱线的貌美王子

《我家王子美如画》 艾可乐

内容简介：
存在感微弱的"透明"少女苏苹果，
某天竟然从许愿樱花树下"挖"出了一名貌美如画的王子殿下！
哈哈，难道她从此撞上绝世大好运了吗？
不不，樱花王子只有颜值，智商严重"掉线"，"撩"妹不自知，送礼送心跳……
苹果都后悔答应帮他完成秘密任务了！
可狡猾如狐的路易王子，傲慢的贵族少女阿尼娜来势汹汹！
一名爱算计心，一名对王子虎视眈眈，透明少女能勇敢逆袭，为她家的蠢萌王子抵挡住强敌吗？
奢华美色，暖心拥抱，满分微笑，浪漫甜吻——
让艾可乐带你玩转现代宫廷恋爱！

NO.4 神秘的独家饮品

《仙月屋果味不加糖》 巧乐吱

内容简介：
这里是仙月家，欢迎品尝特饮师的独家秘制饮品！
击败美少年的四季思慕雪，温暖又让人坚强的草莓阿法奇朵，比哥哥更让人安心的水果豆奶茶，还有充满爱和惊喜的欢乐彩虹，每一杯都有它们专属的故事！
校草东野寒热情无脑，天才南佑伦温柔似水，机灵少年西存纪天使脸蛋恶魔心，冷酷冰山北间鸣苦恼别人看不出自己的表情，双面特饮师其小仙莫名被拉入由他们组成的神秘事件调查队，只好隐藏身份，步步为营。
哥哥的下落不明，南佑伦的身世似乎有隐情，幕后黑手若隐若现，其小仙该如何在四大校草的包围中解开接踵而来的谜题？
真相永远只有一个，直击味蕾与心灵的甜蜜大战一触即发！

NO.5 清新治愈的超级大明星

《心跳薄荷之夏》 茶茶

内容简介：
长跑是慕小满的梦想，她失去了……
孤儿院是慕小满的充满回忆的地方，也快要消失了……
元气少女慕小满，为了获得拯救孤儿院的资金，志忑地跟坏脾气的大明星时洛签下百万真人秀合约，却在接近时洛的过程中，在这个除了颜值什么都没有的大明星身上感受到被守护的感觉，慕小满慢慢沦陷。
可是，来自时洛的堂弟时澈莫名的追求和已经成为富家千金的昔日孤儿院好友的陷害，让慕小满和时洛的关系渐行渐远。而时洛背后，一个始料未及的来自最亲近的人的阴谋，正在慢慢浮现……

花开缘起·花落缘灭

● 唐家小主

——世上最让人参不透的字是"悟"，最让人逃不开的是"情"。

· 玉容寂寞泪阑干，梨花一枝春带雨　· 砌下落梅如雪乱，拂了一身还满

楚少秦：我不准你爱上其他人，你这辈子只能爱我一个人，你是我的。

梨秋雪：我恨他，可是我也爱着他。

——《梦回梨花落》

辩真儿：忘尘这一辈子，世人皆可见，唯不见红颜。

柳逐忆：辩真儿不是世人，我也没爱过世人。

——《眉间砂》

梦回当年，梨落成泥，江山永隔
红梅乱雪，琴弦挑断，岁月永殇

抹茶星光，甜蜜年华

吱，这里是巧乐吱的开年专场！

祝大家新年快乐，新年吉祥，新年如意，新年爱吃啥就吃啥，绝对不长胖！
言归正传，在新年的美好开头，大家需不需要一些慰藉心灵的"小甜品"呢？

吱吱在这里诚意推荐两款超美味的"甜品"哦！

第一款心灵甜品：
抹茶味的清新故事

第二款心灵甜品：
糖果味的浪漫故事

《初恋星光抹茶系》

米其林甜点师vs"吃货"冷美人
因为一块抹茶奇谱出的浪漫甜点独奏曲

巧克力文学代表巧乐吱
重磅推出"美食忠犬系"超满分限量组合

一间只为等待你的香气咖啡屋
一位守在原地的神秘花美男
一切都只为在璀璨星光里，再次和你相遇

《糖果色费洛蒙之恋》

糖果色的梦幻甜蜜故事
迷惑人心的韩系费洛蒙式恋歌
坚守老字号糖果店的活力少女vs集团高傲的继承人
巧克力文学掌门人巧乐吱打造超浪漫的校园恋爱物语
命中注定的夹心太妃糖之恋
奇妙的心跳邂逅

《你让青春暗伤成茧》

你试过那样喜欢一个人吗？
像蚧骨之蛆那样，不管会被憎恶还是讨厌，都缠着他。
仿佛只要你永远不放弃，他就是属于你的。

【夏婵】

大雪过后的街道，死一般寂静。
我一个人在这样的世界，走啊，走啊……
相信走到头就会好，即使现在有诸多不幸。

【莫奈】

慈悲能填补空虚，宽恕能包容罪孽。
我们背负希望，缠在宿命织成的网里。
走轮回里的定数，每一步，不偏不倚，都是隐隐的痛。

【江淮南】

心如蚕茧·步入荆棘·爱成刀刃·宿命撕扯·一场雪祭
年少的碰撞 X 青春与岁月的煎熬 X 孤独的世界

亲爱的，你后来总会遇到一个人。在无人安慰的整个青春，那些让内心煎熬过的东西都会成
为你荣光的勋章。
陌安凉手执命运之线，赠你一段逝去的旧时光！

相遇·别离·破碎·伤痛

神会给那些悲伤的灵魂，抚以安息的双眸。

《你让青春暗伤成茧》内容简介：

你曾是我触手可及的幸福，
你也是我永远触碰不到的遥远，
我们被包裹在密不透风的坟场里——
挣扎、拥抱、流泪、刺伤、离散。
你让我的青春暗伤成茧，我为你一生不再破茧成蝶。

爱至荼蘼，夏季微凉

哪怕伤害了全世界，我也要得到你。
爱情不就是这样的吗？
——米茜

有人说，朋友是寒冬的暖阳，暗夜的光。
而对于我来说，朋友就是：夏镜。
——韩果

震撼人心的青春文字 刻骨铭心的青春时光

镜，可不可以有那么一次，
在我和陆以铭之间，你能选择我？
只要一次就好……
——季然

AI
ZHI
TU
MI
,
XIA
JI
WEI
LIANG
/

季然，你告诉我荼蘼花的花语是"末路的美"。
花，已经开到了荼蘼。
我们，能否不要说再见？
——夏镜

你说，陆以铭，我喜欢你。
你说，陆以铭，后会无期。
最初相爱的我们，最终，还是错过了。
我却还来不及说一句，我爱你，夏镜。
——陆以铭

叶冰伦/作品

纵然走到末路，也依然有爱相伴。
总好过你我还在，却形同陌路。

不疯，不爱，不后悔

遗憾掩盖了无憾
现实冲破了理想

妥协战胜了斗争

年少时的我，
一往情深却爱而不得。
少年时的你，
小心翼翼又字字锥心。

叶冰伦/作品

我们唱着**离别**的歌，
却不愿**说再见**

那些温暖的、冷硬的、
感动的、疼痛的、清浅的、
深刻的青春回忆，

那些整日吟唱的离别，
那些不愿说出口的再见，
是否飘散在时光中？

记录下一个没有坏人、没有血腥与杀戮，却是世界上最残酷的故事！

猫小白
MAOXIAOBAI 著 ZHU

进击吧！GO 白雪殿下
ATTACK SNOW PRINCE

铅球社冠军少女优白雪，因为一次乌龙中奖事件，

神奇地化身为"黑暗女主角"，

强势加入万众瞩目的真人秀节目"男神驾到"！

她是首位开幕式爬上香槟台的女嘉宾！
她是一脚端穿豆腐渣工程的华丽少女！
她是严肃拒绝"钱规则"的无敌殿下！

谁说只有肤白貌美的女生才是真公主！

┏ 内容简介 ┓

一次意外中奖，优白雪成了万众瞩目"男神驾到"节目的女主角！

天生的贵公子原一琦，张扬耀眼的偶像明星纪星哲，天才学霸成臻，"二次元花美男"凌千影，这些遥不可及的男生，统统都是我的搭档？

谁说力气大不是优点？就让你们看看我——铅球社冠军少女的实力！

突然掉下的水晶灯，黑暗中幽闭恐惧症的阴影，诡异的《王子复仇记》剧本……

究竟是谁，在背后暗中观察？

这个夏天，爱的终极大考验，

《进击吧！白雪殿下》旋风来袭！

再次出击

画风清奇不走寻常路，爆笑悬疑炸出真腹肌！

让你停不下来的高能精彩！